刁其玉 主编 张学炜 高腾云 副主编

科学自配畜禽饲料丛书

科学自配牛饲料

KEXUE ZIPEI NIUSILIAO

化学工业出版社

·北京·

图书在版编目（CIP）数据

科学自配牛饲料/刁其玉主编．—北京：化学工业出版社，2010.7
（科学自配畜禽饲料丛书）
ISBN 978-7-122-08818-5

Ⅰ.科…　Ⅱ.刁…　Ⅲ.牛-饲料-配制　Ⅳ.S823.5

中国版本图书馆 CIP 数据核字（2010）第 108782 号

责任编辑：邵桂林　　文字编辑：周　倜
责任校对：吴　静　　装帧设计：张　辉

出版发行：化学工业出版社（北京市东城区青年湖南街 13 号　邮政编码 100011）
印　　装：大厂聚鑫印刷有限责任公司
850mm×1168mm　1/32　印张 6　字数 157 千字
2010 年 8 月北京第 1 版第 1 次印刷

购书咨询：010-64518888（传真：010-64519686）
售后服务：010-64518899
网　　址：http://www.cip.com.cn
凡购买本书，如有缺损质量问题，本社销售中心负责调换。

定　　价：18.00 元

本书编写人员

主　　编　刁其玉

副 主 编　张学炜　高腾云

编写人员　（按姓氏笔画排列）

刁其玉　王建红　吕文龙　李翠霞
张国锋　张学炜　国春艳　洪　梅
高腾云

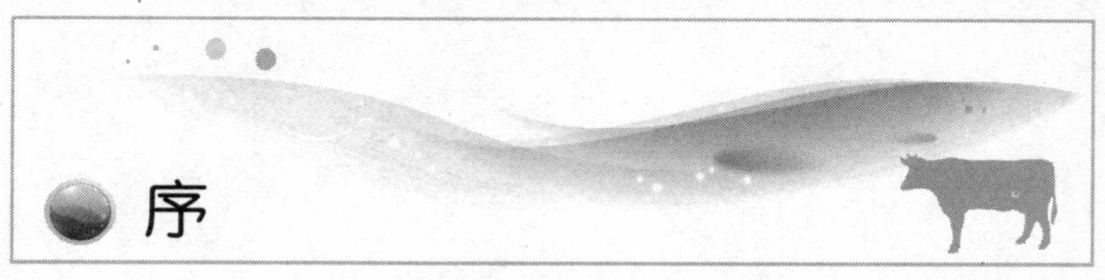

序

我国地域辽阔，从牧区到农区，自然条件差别很大，同时畜牧业历史悠久，各地有不同的传统养殖方式。目前畜牧养殖普遍存在规模化集约化养殖与中小型散养并存的特点，专业户和中小散养户在不同畜禽养殖中的比例占到30%～60%，在相当长时间里，中小型养殖生产在整个畜牧养殖仍然占有重要的地位。利用当地资源自配饲料的中小型养殖和散养模式有三方面的意义：一是随着饲料资源缺乏问题越来越突出，充分利用当地饲料资源，可保障畜牧业的可持续发展；二是随着常规饲料原料价格上涨情况越来越明显，有效利用农副产品和其他非常规饲料原料，可以降低养殖成本，增加农民收入，对新农村建设有一定的帮助；三是有别于规模化集约化的传统养殖模式，可以生产满足不同消费水平需要的畜禽产品，特别是一些高端消费的优质畜禽产品。

我国养殖畜禽品种多样、饲养方式差异较大，中小型养殖场、小型饲料厂和广大农户可以根据畜禽品种、养殖模式、饲料原料特别是农副产品饲料原料的特点，因地制宜，进行自配日粮，有效利用当地条件和资源，科学饲养，提高生产效益。为此，我们组织编写一套《科学自配畜禽饲料丛书》，丛书包括《科学自配猪饲料》、《科学自配肉鸡饲料》、《科学自配蛋鸡饲料》、《科学自配牛饲料》、《科学自配鸭饲料》和《科学自配鹅饲料》6册。

丛书编写力图达到科学性、针对性、先进性、实用性和可操作性兼备，希望做到基础知识与使用技术相结合，使广大读者易学易懂，能够因地制宜地加以应用。由于水平所限，加上畜禽品种、地域资源、地理气候和生产模式种类多、差别大，本丛书难以完全概括，不当之处在所难免，敬请广大读者批评指正。

冯定远

2010年4月

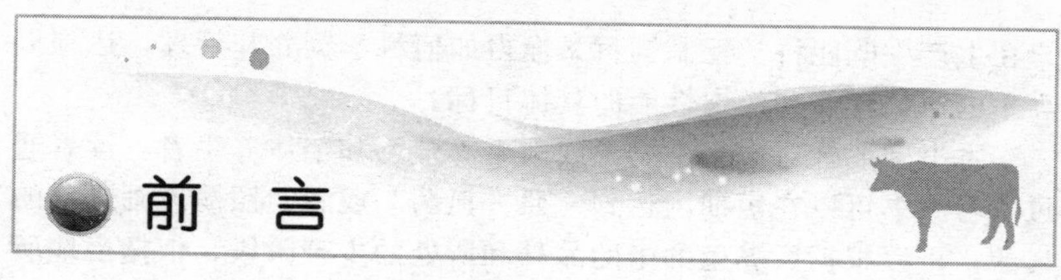

前言

科学的饲料配方至少有两个特点，一是配制好的饲料可以满足动物维持生命和生产、繁育所需要的基本营养需求，如能量、粗蛋白、粗纤维、矿物质、维生素等，使动物的生产潜力得到充分发挥；二是配制饲料的原料主要来源于当地所生产的单一饲料或农副产品，成本较低。饲料成本占家畜成本的60％以上，饲料配制和供给合理了，就意味着动物养殖成功在望。

奶牛和肉牛都是反刍动物，具有特殊的消化特点，具有庞大的瘤胃微生物体系。为奶牛和肉牛配制饲料既要具有和其他动物饲料相同的一般营养性质，又具有其独特要求；既要考虑满足牛产奶或产肉的营养需要，又要满足瘤胃微生物的需求，保持瘤胃内环境的稳定和微生物的繁衍。只有两者兼顾才可能配制出符合生产实际的饲料或日粮。

本书在编写过程中力求科学性、实用性和综合性。由浅入深，首先就牛饲料配制所涉及的各种饲料及其饲料原料的营养素特点、抗营养素因子等给出了详尽的论述，便于用户掌握配方的基本要素；其次是列举了不同饲料添加剂种类，给出了饲料添加剂的特性、使用要求和方法，用户读后可以基本了解目前用于牛饲料的添加剂范畴和未来的发展趋势，便于用户根据具体情况有选择性地使用添加剂和对可用的添加剂进行合理搭配，给生产实际带来效益；最后是，分别针对奶牛和肉牛具体情况，一步步地教会如何为牛制定饲料（或日粮）配方。自配肉牛饲料的章节中主要强调育肥肉牛的特点，育肥方式，不同育肥方式的饲料配制；自配奶牛饲料章节中着重于奶牛不同的生理阶段对营养物质的需要特点，奶牛不同泌乳时期的饲料配制特点，并给出了典型配方。除此之外，本书还就肉牛和奶牛养殖过程中的一些生产性具体问题给出了答案，便于用户在生产中既能科学配制饲料又懂得如何科学饲养和管理，达到提高牛的产奶性能和产肉性能的具体目标。

本书主要针对中小型奶牛或肉牛养殖场和个体养牛者，读者通过学习本书可以在短期内达到“照方抓药”或者“照葫芦画瓢”的目的，可以根据所养殖的牛的品种和所处的生理阶段，依据当地所产的饲料原料情况，提出配方并配制出合理的饲料或日粮，饲喂牛后在提高生产性能和降低饲料成本以及增加牛免疫功能方面产生明显的效果。

本书适合从事肉牛和奶牛生产的技术人员、相关专业师生及广大肉牛和奶牛养殖者参考使用。

尽管我们做了很多努力，但书中不当和疏漏之处仍然在所难免，敬请广大读者批评指正。

编者

2010 年 4 月

目 录

第一章 饲料基础知识

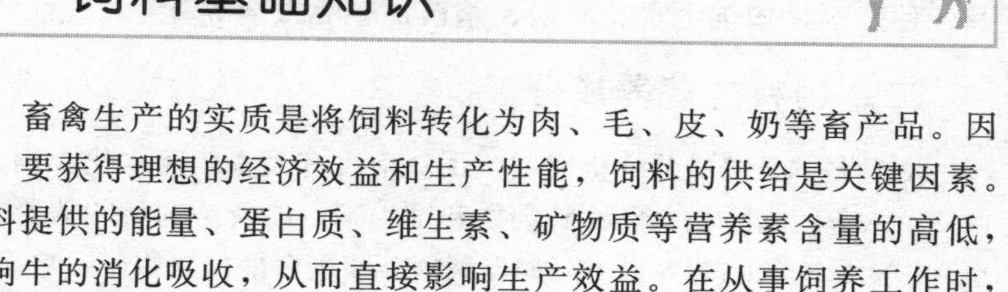

畜禽生产的实质是将饲料转化为肉、毛、皮、奶等畜产品。因此，要获得理想的经济效益和生产性能，饲料的供给是关键因素。饲料提供的能量、蛋白质、维生素、矿物质等营养素含量的高低，影响牛的消化吸收，从而直接影响生产效益。在从事饲养工作时，应根据不同饲料的特点，进行合理利用。因此，应该充分了解饲料原料的组成成分，为科学配制饲粮和饲料资源开发打好基础。

第一节　饲料的分类及营养成分

一、饲料的分类

根据饲料的性质，主要分成以下几类。

（1）青绿饲料　指天然水分含量60%以上的饲料。如鲜草类、鲜树叶类以及非淀粉类的块根、块茎、瓜果类。

（2）青贮饲料　指利用青绿饲料经过青贮方法保存的饲料，如青贮玉米、青贮鲜草等。

（3）能量饲料　指干物质中粗纤维含量低于18%、粗蛋白含量低于20%，并且每千克干物质含消化能在10.46兆焦以上的饲料。其中消化能高于12.55兆焦的为高能量饲料。能量饲料包括谷实类、糠麸类、草籽类及其他类。

（4）蛋白质饲料　指干物质中粗纤维含量低于18%，粗蛋白含量为20%以上的饲料。如豆类、饼粕类、动物性饲料及其他类。

（5）矿物质饲料　包括工业合成的、天然的单一矿物质饲料，多种混合的矿物质饲料，以及配合有载体或赋形剂的痕量、微量、常量元素的饲料。

(6) 维生素饲料　是指工业合成或提纯的单一维生素或复合维生素。

(7) 添加剂　指不包括矿物质饲料和维生素饲料在内的其他所有添加剂，如防腐剂、着色剂、香味剂、氧化剂、氨基酸、脂肪酸及各种药剂，如抗生素、激素、杀菌剂、驱虫剂等。

二、饲料的营养成分

对饲料的营养成分分析表明，饲料中含有大量的碳水化合物、蛋白质、水分、脂肪和少量的矿物质和维生素，以及对饲料的营养价值也有很大影响的抗营养因子（如戊聚糖、胰蛋白酶抑制因子、单宁等，详见第一章第二节）、色素、香味剂、甜味剂、防霉剂等物质。

1. 碳水化合物

饲料中所含碳水化合物种类较多，比如淀粉、多糖和纤维素等。

2. 粗蛋白

饲料中所有的含氮物质统称为粗蛋白质，包括真蛋白质与非蛋白氮。蛋白质是饲料中需要较多的营养成分，它是维持动物的生命，保证生长发育，维持繁衍和健康所必需的。蛋白质由20多种氨基酸组成，其中必需氨基酸为赖氨酸、色氨酸、苯丙氨酸、蛋氨酸、苏氨酸、异亮氨酸、亮氨酸、缬氨酸。因此，评价饲料中蛋白质营养价值时，不仅要看蛋白质的含量，还要看所含必需氨基酸的种类和数量。比如，豆粕就是比较理想的蛋白质原料。

3. 脂肪

植物油中富含亚油酸，绝大多数家畜日粮应当能够供给足够的亚油酸，但有时日粮中的脂肪酸会缺乏。有些营养素和日粮因素也可能影响必需脂肪酸需要量。饲用混合油脂中的亚油酸和亚麻酸含量变化很大。因此，在使用之前，应分析其中的脂肪酸的组成。比如小麦中的亚油酸含量低于玉米中亚油酸含量，因此，在自配饲料时若小麦比例超过25%以上，需要额外添加植物油，如豆油等。

4. 水分

水是维持动植物和人类生存不可缺少的物质之一。常用来作为配合饲料原料的谷物、豆类等水分含量一般在12%～14%，但有些饲料如青绿饲料水分含量可达60%以上。

5. 矿物质

现在已确定有27种矿物元素为动物组织所必需的元素。按照它们在动物体内含量的不同，分为常量元素和微量元素。有多种必需元素在一般饲养条件下，易于缺乏或不足。如果在饲养中给予合理补充的话，就可以防止缺乏症的发生，还可以提高动物生产性能。在牛料中，需要添加铁、铜、锰、锌、镁、硒、钴、碘等矿物盐。

对于钙、磷的吸收利用要注意三个基本条件：①日粮中要含有足够数量的钙和磷；②钙、磷之间的比例要适当，一般以（1～2）：1为宜；③要保证日粮有充足的维生素D，维生素D可促进钙、磷的吸收。不同类型牛日粮中钙的需要量一般为0.4%～0.75%。在饲喂谷物副产品混合精料的情况下，由于含磷较多，一般不需要补充磷。但在放牧或以粗饲料为主时，或土壤中缺磷，则容易发生牛缺磷现象。当日粮钙、磷不足或比例不适宜，可用石灰石、贝壳粉、磷酸二氢钙、脱氟磷酸钙等矿物质饲料进行调节和平衡。

钠和氯一般用食盐补充，根据牛对钠的需要量占日粮干物质的0.06%～0.10%计算，日粮含食盐0.15%～0.25%即可满足牛对钠和氯的需要。牛对食盐的耐受量很强，即使日粮中含有较多的食盐，只要保证有充足的饮水，一般不致产生有害后果。

6. 维生素

维生素是维持人和动物正常生理机能所必需的，它们在动物日粮中的数量很少，作用却很大，而且每一种维生素都有其特殊作用，相互间不可替代。在牛料中，需要添加维生素A、维生素D、维生素E。

第二节　饲料抗营养因子和有毒有害物质

一、硫葡萄糖苷及其降解产物

白菜、甘蓝、萝卜、芜菁等及油籽作物的叶、茎和种子中含有硫代葡萄糖苷，大量饲喂后引起动物肝脏、肾脏肿大和出血。中国主要油菜品种是甘蓝型高硫葡萄糖苷品种，占油菜播种面积的95%以上。植物中硫葡萄糖苷含量因种类及品种不同差异很大，不同类型油菜籽中所含硫葡萄糖苷的种类和含量也不相同，其中托奇、米达斯、第曼特属高硫苷品种，攻德尔、瑞金特、埃格鲁属低硫苷品种。与白菜型相比，甘蓝型油菜有较多的含羟基类型的硫葡萄糖苷。这一点在饲喂动物时应加以考虑。另外土壤中氮和硫元素含量增加时，植物体中硫葡萄糖苷的含量也会明显升高。菜籽饼饲用的安全限量与菜籽品种、加工方法、饲喂动物的种类、生长阶段有很大关系。

二、棉酚

棉酚是棉籽中色素腺体所含的一种黄色色素。棉酚按其存在形式，可分为游离棉酚和结合棉酚。游离棉酚中的活性基团可与其他物质结合，对动物有毒。结合棉酚是指游离棉酚与蛋白质、氨基酸、磷脂等结合的产物，由于其活性基团被结合，因而失去活性。

游离棉酚的活性基团产生毒性并引起多种危害。游离棉酚的排泄较缓慢，在体内有明显的蓄积作用，长期采食棉籽饼会引起慢性中毒。

饲粮中高水平蛋白质可降低游离棉酚的毒性，蛋白质含量越低，越易中毒。干棉籽饼粕中赖氨酸的含量和利用率均低于豆饼，在饲料中补充合成赖氨酸，可获得较好的效果，棉籽饼与豆饼搭配使用，也是行之有效的配合方法。

三、氰苷

亚麻种子及其饼粕主要含有亚麻苦苷和少量百脉根素，氰苷本身不表现毒性。但含有氰苷的饲料被动物采食咀嚼后，在适宜的条件下，氰苷与共存酶的作用，水解产生氢氰酸而引起中毒。

牛、羊等家畜可将氰苷水解产生氢氰酸，中毒症状出现较早。氢氰酸急性中毒发病较快，在采食15～30分钟后即可发病。主要症状为呼吸快速和困难，呼出苦杏仁味气体，随后全身衰弱无力，行走站立不稳或卧地不起，心律失常。中毒严重者最后全身阵发性痉挛，瞳孔散大，因呼吸麻痹而死亡。

采用水浸泡、加热蒸煮等即可脱毒。亚麻籽饼用水浸泡后煮熟，煮时将锅盖打开，可使氢氰酸挥发而脱毒。发酵对去除氢氰酸也有作用。用木薯块根作饲料时，可占饲粮的15%～30%，在配合饲料中的用量一般以10%为宜。

四、硝酸盐及亚硝酸盐

青绿饲料及树叶类饲料等都程度不同地含有硝酸盐，青绿饲料在收获与运输的过程和长期堆放、小火焖煮时，大量硝酸盐会还原为亚硝酸盐。牛、羊采食新鲜青绿饲料后，也容易发生亚硝酸盐中毒。

机体摄入大量亚硝酸盐时，会引起机体组织缺氧，表现中毒症状甚至死亡。母畜长期采食硝酸盐、亚硝酸盐含量较高的饲料后，可引起受胎率降低、死胎、流产等。

叶菜类青绿饲料应新鲜生喂，或大火快煮，凉后即喂，不要小火焖煮久置。青绿饲料收获后应存放在干燥、阴凉通风处，不要堆压和长期放置。牛采食硝酸盐含量高的青绿饲料时，喂给适量含有易消化糖类的饲料，防止亚硝酸盐的过量积累。在种植青绿饲料时，适量使用钼肥，可减少植物体内硝酸盐的积累。临近收获或放牧时，控制氮肥的用量，以减少硝酸盐的富集。此外，还应选择低富集硝酸盐的青绿饲料作物品种。

五、胰蛋白酶抑制因子

胰蛋白酶抑制因子主要存在于大豆、豌豆、菜豆和蚕豆等豆类籽实及其饼粕中。胰蛋白酶抑制因子的抗营养作用主要表现为降低蛋白质利用率、抑制生长和引起胰腺肥大。

胰蛋白酶抑制因子为蛋白质，通过加热可以破坏，从而消除其抗营养作用。但过度加热会造成蛋白质和氨基酸损失，故应适度加热。

六、凝集素

凝集素主要存在于豆科植物种子中。不同豆科植物种子中的凝集素对红细胞的凝集活性不同，大豆凝集素的红细胞凝集活性最强，豌豆次之，蚕豆再次之，羽扇豆等几乎无活性。大豆粉中约含有3%的凝集素。大豆、菜豆凝集素都具有抗营养作用和毒性。凝集素不耐热，常压或高压蒸汽处理，可使凝集素破坏。据报道，菜豆在高压蒸煮之前必须浸泡，才能完全除去毒性；某些菜豆必须高压蒸煮30分钟才能除去毒性。

七、皂苷

饲用植物如大豆、花生、菜豆、羽扇豆、豆、鹰嘴豆、苜蓿、三叶草、油茶籽饼及甜菜中均含有皂苷。植物中皂苷含量和生长环境有关，也和生长季节有关。皂苷多具苦味和辛辣味，因而使含皂苷的饲用植物适口性降低。大豆含有0.46%～0.50%的皂苷，苜蓿含有2%～3%的皂苷，甜菜含有0.3%的皂苷。

当牛采食新鲜苜蓿时，可在瘤胃中和水形成大量的持久性泡沫，夹杂在瘤胃内容物中。当泡沫不断增多，阻塞贲门时，使嗳气受阻，致使形成瘤胃臌气。可以在放牧苜蓿前先饲喂一些干草或粗饲料，露水未干前不放牧。

用酸、碱或酶处理，可使皂苷水解，降低其毒性。用水或各种溶剂提取也可使之脱毒。由于皂苷在牛瘤胃中为细菌所分解，在日粮中添加20%的苜蓿粉不会抑制反刍动物生长。

八、单宁

谷物饲料中高粱的单宁含量较高，高粱单宁主要存在于其种皮和果皮中，种皮的颜色越深，单宁含量越高。大麦和谷子中含有少量单宁，羽扇豆、蚕豆、香豌豆等豆科籽实及红豆草、百脉根、胡枝子和沙打旺等豆科牧草中均有较高的单宁含量，树的叶和果中单宁含量较高，一般栎树树皮中单宁的含量多在25%以上。

可以在大量饲喂苜蓿时，饲喂单宁含量高的牧草能预防放牧家畜的臌胀病。但是牧草单宁含量过高，会降低放牧家畜的采食量，而且抑制瘤胃内碳水化合物的消化，因此，一般建议牛饲料中单宁含量为30～40毫克/千克。

单宁本身对动物的毒性较低，动物采食单宁后的毒性来自单宁在体内被水解为小分子的酚类化合物产生的毒性。中国有关动物单宁中毒的报道，绝大多数是放牧家畜对栎树叶的中毒。牛的栎树叶中毒以辽宁、陕西、甘肃、河南4省最为严重，此外四川、湖北、吉林、云南、山东、贵州、内蒙古和北京等地也均有报道。栎树叶中毒症主要集中暴发于春季青草返青时节，由于栎树发芽较其他灌木和牧草早，而且养分含量较高，是缺青期放牧家畜可采食的主要饲料，故栎树叶中毒症的发病率很高。

中毒临床表现为食欲减少或废绝，便秘、粪便呈黑色，带有大量黏液和血丝，体温降低，尿液pH下降，呈现蛋白尿和糖尿，水肿。病理变化为消化道炎症、实质性器官出血、肾小管上皮脱落和坏死、肾功能衰竭。

除控制含单宁原料在日粮的用量外，对于高粱，用脱壳的方法可除去其中大部分单宁，也可通过配制高蛋白日粮，或在日粮中添加胆碱和蛋氨酸等甲基供体来克服单宁产生的不利影响。用石灰水和亚硫酸铁溶液浸泡处理，可使单宁与钙离子和铁离子等结合，降低单宁与蛋白质结合的能力。近年来已有人研究，以钙、铁盐和高锰酸钾等为主的专用脱毒剂。

九、黄曲霉毒素

花生、玉米、棉籽及其棉粕最易被黄曲霉污染，小米、高粱和甘薯次之，大豆粕被黄曲霉毒素污染的程度往往较轻。

黄曲霉毒素是已经发现的霉菌毒素中毒性最大的一种，对多种动物均表现出很强的细胞毒性、致突变性和致癌性。各种动物对黄曲霉毒素的敏感性不同，一般来说，幼年动物较成年动物敏感，雄性较雌性敏感。高蛋白饲料可降低动物对黄曲霉毒素的敏感性。

犊牛对黄曲霉毒素的敏感性较成年牛高。急性中毒的临床表现为厌食、黄疸、精神抑郁、耳部震颤、磨牙、脱肛、血便、免疫机能下降。犊牛死亡率高达100%，成年牛死亡率较低，但往往出现消化系统功能紊乱，泌乳量下降等症状。繁殖母畜常出现流产、受精率下降和产弱仔等现象，有时会导致死亡。慢性中毒临床表现为生长、发育迟缓，饲料转化率下降，被毛粗乱，角膜混浊，鼻镜龟裂，胃肠机能障碍。

目前对黄曲霉毒素中毒尚无特效疗法，应以预防为主，控制饲料贮藏时的水分含量和环境温度等系列因素，防止饲料发霉。供给低脂高蛋白日粮，减少环境应激，对治疗有辅助性效果。

第三节　饲料中的异种物质

一、铅

牛最常发生铅中毒。铅中毒动物的典型临床症状为厌食、乏力、体重减轻、精神抑郁。犊牛表现为惊厥不安，便秘或腹泻、腹痛、呕吐；母畜流产；常见肌肉痉挛、头和颈部肌肉节律性抽搐、耳或嘴颤动、过度眨眼、眼球振颤、失明（引起动物走路蹒跚、绊跌和撞物）、空嚼、咽麻痹、喉下全麻痹、角弓反张等神经异常和流涎、流泪、出污、小便失禁等自主神经症状，有时动物可因摄食过多的铅，不见任何症状而突然死亡。

禁止在铅矿、铅冶炼厂及其他污染地区放牧，限制在交通频繁的公路两侧放牧。禁止饮用被铅污染的水，圈舍和放牧地区不乱扔和堆放含铅垃圾。饲槽和圈舍等周围，凡动物能舔食到的栏杆、门窗物体，不用含铅油漆。

铅中毒后要立即断绝毒物来源，可用1%硫酸钠或硫酸镁洗胃，小动物可给予催吐剂，以加速胃内容物的排出。用10%葡萄糖酸钙静脉注射，促使血钙沉积到骨骼中，也可给动物口服乳酸钙，或给以高钙、高磷日粮。

二、砷

三氧化二砷是最常见的含砷化合物，俗称砒霜。慢性砷中毒，一般表现为增重缓慢，皮肤过度角质化，腹泻和步态蹒跚等。急性砷中毒症状为精神抑郁、食欲废绝、呕吐、腹泻。

对于动物有机砷中毒，无特效治疗药物，一般停喂含砷饲料，并充分供给饮水，病畜可自动恢复正常。对无机砷中毒可用含二巯基的配合物，如二巯基丙醇、半胱氨酸和谷胱甘肽等，肌内注射治疗，也可用硫代硫酸钠溶液灌注和静脉注射治疗。

三、氟

草食动物氟中毒的发生与空气污染引起植物含氟量增高密切相关。植物具有富集氟的作用，高氟区每千克植物中的氟含量可高达数千毫克。水体和植物中的氟化物通过饮水和饲料进入动物体，并在其体内富集。此外，矿物质补充剂，尤其是磷酸盐中氟含量更高，若不经脱氟工艺，往往是引起家畜慢性中毒的主要原因。

氟化物是一种很强的腐蚀剂，能导致胃肠炎及腹痛。奶牛对氟的敏感性在家畜中最高，急性中毒症状表现为食欲废绝，呼吸困难。瘤胃停滞、便秘或腹泻，出现肌肉震颤、衰弱、不断咀嚼等特征性神经症状，随后发生抽搐、虚脱，一般数小时后死亡。慢性中毒症状最突出的是牙齿和骨骼受损。对于急性氟中毒均无特效疗法。应采取以预防为主的措施，如不在被氟污染的牧场或散发氟化物的工厂附近放牧。定期检测饲料中的氟含量，高氟地区还应检测水中氟含量。对含过量氟化物的饲料，可用含氟量少的饲料或粗饲料稀释。对于氟化物摄入量不太大的动物可对症治疗。

四、杀虫剂

杀虫剂包括有机氯杀虫剂、有机磷杀虫剂、氨基甲酸酯类杀虫剂。杀虫剂化学性质稳定，在环境中分解缓慢，同时有机氯杀虫剂及其代谢产物容易进入食物链，并在人体内蓄积。有机氯杀虫剂主要有滴滴涕、六六粉、林丹、氯丹、艾氏剂、狄氏剂等。有机氯杀虫剂在环境中的持久性比有机磷长得多，如六六六在环境中的残留期可长达十多年，滴滴涕和氯丹残留期可达 15 年。

对有机氯杀虫剂中毒，无特殊解毒剂。主要是加强仓库容器管理，合理用药，严格遵守规章制度。硫酸阿托品是有机磷杀虫剂中毒的药理性解毒剂。肟类化合物如解磷定等是特效解毒药，也可同时应用阿托品和解磷定。为防止有机磷杀虫剂污染饲料，首先应加强农药厂三废的处理和综合利用，对环境进行定期检测，合理使用杀虫剂，以减轻对环境的污染。氨基甲酸酯类杀虫剂的毒性作用、中毒症状与有机磷杀虫剂的相似，防制原则也同有机磷杀虫剂。

五、除草剂

重复应用大剂量的苯氧羧酸类除草剂，可引起反刍动物中毒，反刍动物表现食欲减退、抑郁、瘤胃弛缓、肌无力，有时出现腹泻。长期摄食除草剂可引起口腔黏膜溃疡，动物逐渐消瘦并死亡，反刍动物还可能出现臌胀。反刍动物一般在接触苯氧羧酸类除草剂10天后才出现中毒初期症状；犊牛（每千克体重）1次内服200毫克可引起中毒。

微量的硫代氨基甲酸酯类除草剂就可使动物产生中毒毒性。反刍动物中毒症状为肌痉挛、共济失调、抑郁和衰竭。慢性中毒动物常在食用除草剂60天后发生被毛脱落。

甲基尿嘧啶类除草剂的应用剂量超过5.6千克/公顷[1]时，对反刍动物有害。中毒症状是食欲减退、抑郁、口吐泡沫和步态不协调。

[1] 1公顷$=10^4$平方米。

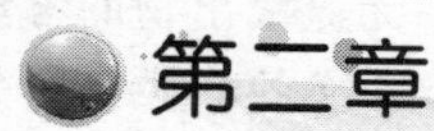

第二章 牛常用饲料原料

第一节 常用谷物类能量饲料原料

一、玉米

玉米是家畜、家禽的主要能量饲料，被誉为饲料之王，它所含能量在谷类籽实饲料中是最高的，而且适口性好，易于消化。玉米含可溶性碳水化合物高（可达72%），其中主要是淀粉，粗纤维含量低（仅2%），所以玉米的消化率可达90%。玉米脂肪含量高，达3.5%～4.5%。含粗蛋白质偏低（7.0%～9.0%），并且氨基酸组成不平衡，赖氨酸、蛋氨酸和色氨酸含量不足。近些年来，在玉米育种工作中，已培育出高赖氨酸含量的玉米，如中单9409，赖氨酸含量比普通玉米高出近1倍，产量与普通玉米相近，推广价值较高。

玉米因适口性好、能量含量高，在瘤胃中的降解率低于其他谷类，可以通过瘤胃到达小肠的营养物质比较高，可大量用于反刍动物日粮中，在奶牛精饲料中的比例应大于50%，研究表明，玉米籽实喂奶牛最好不要磨的很细，一般破碎即可，主要是为了使玉米淀粉可以通过瘤胃到小肠进行消化。

二、高粱

高粱为世界上主要粮食作物之一，其总产量仅次于小麦、水稻和玉米。

高粱的主要利用部位有籽粒、米糠、茎秆等。其中籽粒中主要养分含量：粗脂肪3%、粗蛋白8%～11%、粗纤维2%～3%、淀粉65%～70%。无氮浸出物包括淀粉和糖类，是饲用高粱中的主要成分，也是畜禽的主要能量来源，饲用高粱中无氮浸出物的含量在17.4%～71.2%。高粱秆和高粱壳中的粗纤维较多，其含量分别为23.8%和26.4%左右。淀粉含量与玉米相当，但高粱淀粉颗粒受蛋白质覆盖程度高，故淀粉的消化率低于玉米，有效能值相当于玉米的90%～95%。高粱籽粒中壳氨酸和缬氨酸的含量略高于玉米，而精氨酸的含量又略低于玉米，其他各种氨基酸的含量与玉米大致相等，缺乏赖氨酸和色氨酸。高粱的脂肪含量不高，一般为2.8%～3.3%，含亚油酸也低，约为1.1%。高粱含有单宁，单宁是影响高粱利用的主要因素之一，单宁含量高的高粱有涩味、适口性差。单宁可以在体内与蛋白质结合，从而降低蛋白质及氨基酸的利用率。根据整粒高粱的颜色可以判断其单宁含量，褐色品种的高粱籽实含单宁高，白色含量低，黄色居中。现已培育出高赖氨酸含量的高粱，但在实际使用中，仍不能广泛推广。

对于奶牛，高粱经蒸煮加工后，可取代其他任何谷类。高粱与玉米配合使用效果可得到增强，并可提高饲料利用率与奶牛的生产性能，因为两者饲喂可使它们在瘤胃消化和过瘤胃到小肠的营养物质有一个较好的分配。高粱直接用于奶牛的饲料中，和玉米的饲养价值相似，但不宜用整粒高粱喂奶牛。

三、小麦

小麦的粗蛋白质含量在谷类籽实中也是比较高的，一般在12%左右，高者可达14%～16%。由于小麦中木聚糖含量较高，进入肠道后黏性增加，影响消化，以前小麦很少作为饲料使用，近年来小麦在饲料中的用量逐渐增多。在欧洲小麦是主要的谷类饲料。小麦是否用于饲料取决于玉米和小麦的价格。

小麦籽实的组成包括胚乳、种皮、糊粉层和麦胚四部分。在面粉加工过程中，不是全部胚乳都可以转变成面粉，上等面粉往往只有85%左右的胚乳变成面粉，其余15%与种皮、胚等混合组成小麦麸。每100千克小麦可生产面粉70千克左右、麦麸30千克左右，这种麦麸的营养价值较高。如果面粉质量要求不高，不仅小麦胚乳在面粉中保留较多，甚至糊化层也留在面粉中，这时的面粉和麸皮比例就发生了较大的变化，面粉占80%左右，麸皮占20%左右，故面粉和麸皮的质量都有所下降。

小麦喂牛以粗粉碎或蒸汽压片效果较好，整粒喂牛易引起消化不良，如果粉碎过细，麦粉在牛口腔中呈糊状而饲喂效果降低。小麦在反刍动物瘤胃的消化很快，它的营养成分很难直接达到小肠，所以不宜在高产奶牛日粮中大量使用。细磨的小麦经炒熟后可作为犊牛、羔羊代乳料的成分，因其适口性好，饲喂效果也很好。麦麸可广泛的用于反刍动物，麦麸中含有的植酸磷经瘤胃微生物的作用，可很好地被吸收利用。在母牛产犊前喂给麦麸，可有效地预防胎衣不下等产科疾病。

四、大麦

大麦属一年生禾本科草本植物，按播种季节可分为冬大麦和春大麦。大麦籽实有两种，带壳者叫“草大麦”，不带壳者叫“裸大麦”。带壳的大麦，即通常所说的大麦，它的能量含量较低。大麦谷粒坚硬，在饲喂给各种畜禽前必须将其压碎或碾碎，否则它将不经消化就排出体外。

大麦所含的无氮浸出物与粗脂肪均低于玉米，粗脂肪中的亚油酸含量很少，仅0.78%左右。因外面有一层种子外壳，粗纤维含量在谷实类饲料中是较高的，约5%左右。其粗蛋白质含量约11%～14%，且品质较好。赖氨酸含量比玉米、高粱中的含量约高1倍。大麦的脂溶性维生素含量偏低，不含胡萝卜素，而含有丰富的B族维生素。

奶牛适于饲用大麦，但效果低于玉米。粉碎过细的大麦在瘤胃内降解速度会很快，并且引起反刍动物发生瘤胃症，先将大麦浸泡或压片后饲喂可以预防此症，大麦经过蒸汽或高压压扁可提高奶牛的产奶性能。啤酒糟的主要成分是大麦，用鲜啤酒糟喂奶牛，可明显提高奶产量。

五、燕麦

燕麦的品种相当复杂，一般常见的是普通燕麦，其他还有普通野生燕麦、红色栽培燕麦、大粒裸燕麦及红色野生燕麦。按颜色分有白色、红色、灰黄色、黑色及混合色数种。按栽培季节也分冬燕麦和春燕麦。

燕麦的麦壳占的比重较大，一般为 28%，整粒燕麦籽实的粗纤维含量较高，达 8%左右。主要成分为淀粉，含量约 33%～43%，较其他谷实类少。含油脂较其他谷类高，约 5.2%，脂肪主要分布于胚部，脂肪中 40%～47%为亚麻油酸。燕麦籽实的粗蛋白质含量高达 11.5%以上，与大麦含量相似，但赖氨酸含量低。富含 B 族维生素，烟酸含量较低，脂溶性维生素及矿物质含量均低。

燕麦对奶牛有很好的适口性，能提高奶牛产奶量，但必须粉碎后再喂。

六、小麦麸

小麦麸俗称麸皮，是以小麦为原料加工面粉时的副产品之一。加工面粉的质量要求不同，出粉率也不一样，麸皮的质量相差也很大。如生产的面粉质量要求高，麸皮的质量也相应较高。一般来讲，优质麸皮的代谢能可达 1.9 兆卡[1]/千克，而质量差的麸皮代谢能仅为 1.5～1.7 兆卡/千克。

麸皮的消化能、代谢能较低，麸皮中 B 族维生素及维生素 E 的含量高，可以作为动物配合饲料中维生素的重要来源。

七、米糠及米糠饼粕

米糠是糙米（稻谷去壳）加工精米时分离出来的一种副产品，与麸皮一样，米糠的质量也随所加工的精米的质量而变化。如加工的精米越白，米糠的质量也越好。一般 100 千克糙米可出米糠 7 千克。米糠中的粗脂肪含量高达 16.5%，易被氧化发热，不宜于保存。经提油后利于保存，米糠提油的方法有压榨法和溶剂浸提法两种，前者的副产品称为米糠饼，后者的副产品称为米糠粕。一般浸

[1] 1 卡＝4.184 焦。

提法的提油率比压榨法高，米糠粕比米糠饼的能值要高。但采用压榨法时，经过烘、炒、蒸煮、预压等工艺后，适口性和消化性都有所改善。

八、其他糠麸类

主要包括高粱细糠、玉米麸和小米细糠。它们的特点如下。

① 高粱细糠主要是高粱籽实的外皮，如属红高粱的副产物，则带有红色。代谢能可达到 2 兆卡/千克，含蛋白质 10.3%左右，有些杂种高粱的细糠，含单宁较多，适口性差，易致便秘。

② 玉米细糠含粗纤维较多，约 9.5%～10%，代谢能也较低，约 1.8 兆卡/千克左右。蛋白质也较低，约 10%。

③ 小米细糠的粗纤维含量约 8%，代谢能水平约 2 兆卡/千克，蛋白质含量稍高，为 11%，B 族维生素、硫胺素和核黄素的含量较高，粗脂肪含量也较高。

九、油脂

油脂种类颇多，分类方法也不少。按脂肪来源，可分为动物性脂肪和物性脂肪，统称油脂。由牛、羊、猪、禽等的体组织中提炼出来的动物性脂肪，目前禁止用于反刍动物饲料。各种油料籽实中榨取的油为植物性脂肪，主要为大豆油、棕榈油。在畜禽中可利用人类不吃的那部分油，或各种加工过程中的油渣。脂肪的能值很高，约为碳水化合物和淀粉饲料的 2.5 倍，含可利用能值为 7.5～8 兆卡/千克。

应用高度不饱和植物油时应注意氧化的油脂易造成犊牛皮毛不良、生长不良、死亡率高的现象。若用氢化不饱和脂肪酸，添加抗氧化剂及维生素 E，可防止此不良影响。犊牛饲料中添加大豆磷脂或糖脂，可提高均质性，改善利用率。初产奶牛或高产牛的能量需求高，不易满足，但脂肪添加过多会降低奶牛食欲及消化率，近已开发一种将油脂封入经甲醛处理过的蛋白质中的技术，保证了油脂不受瘤胃微生物影响（过瘤胃技术），直接在小肠内消化，故可改善高产牛的生产能力。

添加过瘤胃脂肪的最主要作用在于提高日粮中的能量水平，以弥补产奶初期及高峰期由于能量摄入不足而造成的体组织过度分解、体重大幅度下降、膘情太差对母牛繁殖机能产生的不利影响，从而提高繁殖性能。另一主要作用在于改善奶牛体况、延长生产寿命、提高终生产奶量。不同保护机制的过瘤胃脂肪，其吸收率有一定的区别，据此可将过瘤胃脂肪分为：①包被油脂类，包括甲醛-蛋白复合包被油脂；②饱和（氢化）脂肪；③脂肪酸化合物，主要是脂肪酸钙盐；④以棕榈油或棕榈油脂肪酸为主的产品。

（1）脂肪酸钙　脂肪酸钙是20世纪80年代研究出的一类过瘤胃脂肪，是脂肪经皂化后形成的，其在瘤胃pH 6.5～6.8的环境中不溶解，不干扰瘤胃微生物的正常活动，可以顺利通过瘤胃，但在真胃pH 1.5～3.0的酸性环境中立即分解成脂肪酸和钙而后被真胃和小肠吸收，其吸收率可达95%。高士争（1998）在奶牛日粮中按300克/头加入钙皂，发现产奶量提高19.29%、乳脂率增加13.16%、乳蛋白降低3.57%。

脂肪酸钙与其他过瘤胃脂肪产品相比存在着以下缺点：①由于含有钙，其脂肪含量受到限制，有效能值低；②由于加工过程受到多种因素的干扰易皂化不全，生产出的产品质量不稳定；③品种众多，各产品脂肪含量及脂肪酸的组成相差较大，因而其消化吸收效率差异明显；④产品中含有一定量的短链脂肪酸，这将影响过瘤胃效果；⑤产品有肥皂气味，适口性较差。

（2）棕榈油　瘤胃稳定性脂肪是目前国际上一种新型的反刍动物饲料用脂肪产品，是根据脂肪原料中各种脂肪酸熔点的不同而采用物理方法进行分馏收集到的高熔点脂肪酸加工而成，其富含棕榈酸。瘤胃稳定性脂肪因不含载体，脂肪含量高，过瘤胃效果比其他种类过瘤胃脂肪好，可消化脂肪的含量比脂肪酸钙和氢化脂肪要高。瘤胃稳定性脂肪因其较高的能量及较大比例的可消化脂肪使得它在反刍动物中的应用越来越多，有代替脂肪酸钙和氢化脂肪的趋势，最具代表性的产品是棕榈油。在奶牛饲料中应用发现，棕榈油产品对产奶、乳脂率、繁殖率提高均超过其他类型过瘤胃脂肪或保护性脂肪，而成本更低。

奶牛日粮中添加脂肪，能提高奶牛的生产性能，但实际应用中应注意以下几点：①添加脂肪应是瘤胃中不易分解的过瘤胃脂肪；②日粮干物质中的脂肪含量不宜超过7%，否则会影响粗饲料的消化；③添加脂肪时，日粮干物质中的中性洗涤纤维（NDF）和酸性洗涤纤维（ADF）应保持在25%和21%左右；④钙皂、氢化脂肪的适口性差，应用时应注意逐渐添加；⑤添加脂肪有降低乳蛋白的可能性，可考虑增加日粮中瘤胃蛋白的比例。

第二节　常用植物蛋白质饲料原料

蛋白质饲料是指饲料干物质中粗蛋白质含量在20%以上、粗纤维含量在18%以下的饲料。蛋白质饲料可用来补充其他蛋白质含量低的能量饲料以组成平衡日粮。这类饲料中粗纤维含量较少，易消化的有机物质较多，消化能较高。

蛋白质饲料可以分为植物性蛋白质饲料和动物性蛋白质饲料两大类。植物性蛋白质饲料包括油料饼粕类、豆科籽实类和淀粉、工业副产品等。动物性蛋白质饲料包括鱼粉、肉粉、肉骨粉、血粉、羽毛粉、皮革蛋白粉、蚕蛹粉和屠宰场下脚料等副产品、乳制品等，除乳制品外其他产品禁止用作饲料。蛋白质饲料还包括单细胞蛋白质饲料（如各种酵母饲料、蓝藻类等）和非蛋白氮饲料（如磷酸脲、尿素、铵盐等）。

植物性蛋白质饲料营养特点：蛋白质含量较高，赖氨酸和色氨酸的含量较低。其营养价值随原料的种类、加工工艺和副产品有很大差异。一些豆科籽实、饼粕类饲料中还含有抗营养因子。

一、大豆粕

大豆粕是指以黄豆制成的油粕，与黑豆制成不同，是所有饼粕中最好的饼粕。一般黄豆不直接用作饲料，豆类饲料中含有胰蛋白酶，生喂时，影响动物的适口性和饲料的消化率，通过110℃加热3分钟可以被破坏。生豆粕是指在黄豆在榨油时未加热或加热不足的豆粕。它们在使用前也需进行加热处理。

大豆饼粕的蛋白质含量较高，在40%～44%，可利用性好，必需氨基酸的组成比例也相当好，尤其是赖氨酸含量较高，是饼粕类饲料中含量最高的（达2.5%～2.8%），是棉仁饼、菜籽饼及花生饼的1倍。大豆饼粕在各氨基酸比例上的缺点是蛋氨酸含量不足，因而，在主要使用大豆饼粕的日粮中一般要另外添加蛋氨酸，才能满足动物的营养需要。

大豆饼粕也是奶牛的优质蛋白质饲料，可用于配制代乳饲料和幼畜的开食料。在奶牛饲料中的比例可以占到30%，但从饲料成本方面考虑，高产奶牛可以用到20%～25%，中低产奶牛的用量低于15%。

二、菜籽粕

菜籽粕的原料是油菜籽。菜籽饼粕的蛋白质含量在36%左右，代谢能较低，约为8.40兆焦/千克。菜籽饼粕中的有毒有害物质主要是从油菜籽中所含的硫葡萄糖苷酯类衍生出来的，这种物质分布于油菜籽的柔软组织中。此外，菜籽中还含有单宁、芥子碱、皂角苷等有害物质。它们有苦涩味，影响蛋白质的利用效果，阻碍生长。

菜籽饼粕对牛、羊等反刍家畜的负作用要低于猪等单胃动物。菜籽粕在瘤胃内降解速度低于豆粕，过瘤胃部分较大。奶牛饲料中菜籽饼粕使用量在15%以下，不会影响产乳量和乳脂率，青年母牛和犊牛饲料中也可使用少量的菜籽饼粕。

三、棉籽粕

棉花籽实脱油后的饼粕，因加工条件不同，营养价值相差很大。主要影响因素是是否脱壳。完全脱了壳的棉仁所制成的饼粕，叫做棉仁饼粕。其蛋白质含量可达43%以上，甚至可达44%，代谢能水平可达10兆焦/千克左右，与大豆饼不相上下。而由不脱掉棉籽壳的棉籽制成的棉籽饼粕，蛋白质含量不过22%左右，代谢能只有6.0兆焦/千克左右，在使用时应加以区分。

在棉籽内，含有对动物健康有害的物质——棉酚和环丙烯脂肪酸。在棉仁饼粕内大部分棉酚与蛋白质及棉籽的其他成分相结合，只有小部分以游离形式存在。游离棉酚可引起畜禽中毒，一般表现为采食量减少、体重减轻、呼吸困难、严重水肿，以致死亡。一般游离棉酚中毒是慢性中毒，在生长中通常的症状是，由于日粮中棉籽饼粕用量过度，继而发现增重慢，饲料报酬低。

反刍动物因瘤胃微生物可以分解棉酚，所以棉酚的毒性相对小。棉籽粕在瘤胃内降解速度较慢，可作为良好的蛋白质饲料来源，适量使用可提高奶牛的乳脂率，通常棉籽粕在奶牛饲料中的用量可控制在15%左右。有很多奶牛场直接给母牛饲喂棉籽以提高乳中的有效成分，在母牛干奶期，即临产前建议不要给牛饲喂棉籽粕，以防奶牛产前棉酚中毒。种用公牛也不要用棉籽粕，棉酚影响动物的繁殖率。

四、向日葵粕

又叫葵花仁饼粕，也就是向日葵籽榨油后的残余物。向日葵饼粕的饲用价值视脱壳程度而定，我国的向日葵仁饼粕，带有的壳多少不等，粗蛋白质含量在28%～32%，赖氨酸含量不足，低于棉仁饼、花生饼和大豆饼粕；可利用能量水平很低，每千克只有代谢能6～7兆焦；粗纤维含量达20%左右。但也有优质的向日葵仁饼粕，带壳很少，粗纤维含量在12%，代谢能可达10兆焦/千克。向日葵仁饼粕与其他饼粕类饲料配合使用可以得到良好的饲养效果。

牛、羊等反刍动物对氨基酸的要求比单胃动物低，向日葵饼粕的适口性好，其饲养价值相对比较大，脱壳者效果与大豆饼粕不相上下。通常可作为奶牛的主要蛋白质饲料源，牛采食向日葵饼粕后，瘤胃内容物的酸度下降，可利用瘤胃内微生物来消化，在奶牛日粮中向日葵粕可以用到20%左右。

五、花生仁粕

花生的品种很多，脱油方法不同，造成花生饼粕的性质和成分也不相同。脱壳后榨油的花生仁饼粕，营养价值高，代谢能含量可超过大豆饼粕，蛋白质含量也很高，高者可达45%以上。花生饼粕的另一特点是，适口性极好，有香味。花生粕在瘤胃的降解速度很快，进食后几小时可有85%以上的干物质被降解，因此不适合作为唯一的蛋白质饲料原料。

花生饼粕蛋白质中的氨基酸含量比较平衡，利用率也很高，但需要补充更多的赖氨酸及含硫氨基酸。花生仁饼粕易感染黄曲霉菌。当花生的含水量在9%以上、温度30℃、相对湿度为80%时，黄曲霉菌即可繁殖，引起畜禽中毒，因此花生饼粕应随加工随使用，不要贮存时间过长。

牛羊等反刍动物的饲料均可使用花生饼粕，并且其饲喂效果不次于大豆饼粕。因其适口性好，可以用于犊牛、羔羊的开食料。用于奶牛日粮中尚有催乳和促生产作用，在奶牛饲料中的用量可以控制在12%左右。

六、亚麻粕

在我国北方地区种植油用亚麻，俗称胡麻，脱油后的残渣叫亚麻籽饼或亚麻籽粕，也叫胡麻籽饼或胡麻籽粕。我国榨油用的“胡麻籽”多系亚麻籽与菜籽芸芥籽（也叫芥菜籽）的混杂物。因此严格地讲，胡麻籽饼粕与纯粹的亚麻仁饼粕是有区别的。亚麻种子中，特别是未成熟的种子中，含有对任何家畜、家禽都有毒的物质。但是牛、羊等可以利用亚麻籽饼粕，在肉牛育肥时有一定的效果，在奶牛饲喂中可以提高奶牛的产奶量。亚麻籽饼粕还有促进胃、肠蠕动的功能。犊牛、羔羊、成年牛羊及种用牛羊均可使用，但用量应在10%以下。

亚麻籽饼粕对动物的适口性不好，代谢能较低，残脂高的亚麻饼粕很容易变质，不利保存。但经过高温高压榨油的亚麻籽饼粕，很容易引起蛋白质褐变，降低其利用率。一般亚麻籽饼粕含粗蛋白质32%～34%。赖氨酸含量不足，在使用亚麻籽饼粕时要添加赖氨酸或与含赖氨酸高的饲料混合使用。

七、啤酒糟

以大麦芽或混合其他谷物制造啤酒过程所滤出的残渣进行干燥

即得啤酒糟，实际产品有时会含有啤酒的其他副产品，如酒花粕、啤酒酵母、热凝蛋白等。正常啤酒糟应为浅色至中等巧克力色，无烧焦现象，细致均匀，流动性好，可见浅色麦谷纤维，但不可有结块现象。除淀粉较少外，其他成分与大麦类似。粗蛋白含量约为22%～27%，粗纤维含量高，矿物质、维生素成分均佳，粗脂肪达5%～8%。

在奶牛、肉牛饲料中啤酒糟可取代部分或全部大豆粕，本品尚可改善尿素的利用性，防止瘤胃不全角化、肝肿疡及消化障碍的发生。犊牛可使用至10%，肉牛30%～35%，奶牛20%，均会取得良好的生产效果。麦芽根用于乳牛饲料不可超过20%，否则易引起牛乳苦味。

八、酒糟

以谷物或不同谷物混合物经酵母发酵，并以蒸馏法萃取酒之后，再经分离处理所得粗谷部分干燥即得酒糟，可分酿造酒糟（啤酒、黄酒等）、蒸馏酒糟（高粱酒、白兰地酒）及药酒糟等。应注意高粱、玉米酒糟在制作过程中均加粗糠（稻壳等）以利排料，其含量多少对营养成分及饲料价值影响很大。此外，以水果为原料的酒糟，营养成分较差，粗纤维含量高，利用率低，仅适用于反刍动物饲料。

除碳水化合物减少外，一般酒糟的成分为其原料的2.5～3倍，增加了维生素及发酵产物，是蛋白质、脂肪、维生素及矿物质的良好来源，并含未知生长因子。其成分特性随原料而异，一般而言，蛋氨酸稍高，赖氨酸及色氨酸则明显不足。以玉米、高粱等谷物为原料者成分较佳；以薯类为原料者，粗纤维、粗灰分含量均高，粗蛋白质消化率差，饲用价值欠佳；以糖蜜为原料者，粗蛋白含量低，维生素 B_2、泛酸含量高，粗灰分含量（尤其是钾）也很多，并具轻泻性，其效果比糖蜜差，但适用于肉牛。

酒糟气味芬芳，是反刍动物的良好饲料，可作为蛋白质及能量的来源，以取代部分谷物及油粕类，用量可以控制在15%左右。可溶酒糟用于犊牛断乳饲料可补充B族维生素，并具未知生长因子，但成牛则可自行合成。糖蜜酒糟肉牛饲料用量在10%以下为宜。

九、DDGS

DDGS是用玉米、高粱等谷物用发酵法生产酒精后，蒸馏废液经干燥处理后所得的副产品。它融入了糖化曲和酵母的营养成分和活性因子，是一种高蛋白、高营养、无任何抗营养因子的优质蛋白饲料原料。根据干燥浓缩蒸馏废液的不同成分而得到不同的副产品，玉米酒精糟又可分为：干酒精糟（DDG），系用蒸馏废液的固形物部分经过干燥而得，因颜色鲜明，故也称透光酒精糟；可溶干酒精糟（DDS），系除去固形物部分的残液浓缩和干燥而得。

除大部分为玉米、高粱DDGS外，还有以糖蜜、薯干等为原料的DDGS。饲料合格的DDGS感官呈黄、褐色，均匀的粉状物，无发酵霉变，无结块及异味异臭。DDGS质量变异的主要原因可能是由于谷物生长的地理位置和品种间的差异造成的，但酒精的生产工艺流程、谷物的发酵方法以及副产品干燥方法等因素也影响其终产品的质量。

谷物酒糟蛋白质含量在28%以上，是玉米的3倍多，氨基酸的组成也比较合理，除赖氨酸相对缺乏外，其余的氨基酸含量较高。含有大量酵母菌体，B族维生素含量丰富，且含生长因子，对动物生长十分有利。脂肪含量4%～8%，且各类脂肪酸比例适当，有良好适口性。水分低于12%可以长期保存不霉变，高温不酸败。DDGS中DDS的比例不同对其营养成分有很大的影响。DDS的比例越高，其蛋白质的含量越低，脂肪的含量越高，磷的含量也提高。

谷物酒糟的蛋白质含量较高，降解度较低，氨基酸含量和组成较好，必需微量元素含量较高，同时谷物酒糟的价格相对较低，因此它应是反刍动物理想的豆饼替代品。国外的试验表明，与豆饼相比，谷物酒糟是较好的过瘤胃蛋白质饲料，其中氨基酸的平衡状况较好，用酒糟替代玉米和豆饼，可改善瘤胃内环境，提高产奶量，添加量以20%以内效果较好，在肉牛精料中的量可以控制在30%

左右。

合理开发利用谷物酒糟，对发展节粮型畜牧业，提高畜牧业经济效益具有重要意义。但谷物酒糟受其原料和加工方法等因素的影响，营养成分含量具有很大的变异性，特别是赖氨酸在加工过程中非常容易受热损害的影响。因此，在制定日粮配方时一定要事先分析谷物酒糟的各营养成分含量，然后根据酒糟的营养成分含量合理搭配日粮，这样才能在实现降低生产成本的同时取得较好的经济效益。DDGS中不饱和脂肪酸的比例高，容易发生氧化，能值下降，对动物健康不利，影响生产性能和产品质量（如胴体品质、牛奶质量）。所以要使用抗氧化剂。刚出厂时DDGS酒味很浓，使用不当将会影响饲料的适口性，存放一段时间之后，则刺激性气味明显减弱，适口性提高。

第三节　青粗饲料原料

青粗饲料一般包括青绿多汁饲料、青贮饲料以及秸秆等粗饲料。青粗饲料是反刍动物不可缺少的日粮成分，在维持反刍动物生理健康和良好生产性能等方面发挥着不可替代的作用。

一、青绿饲料

青绿饲料的天然水分含量在60%以上，包括天然青草、人工栽培牧草、蔬菜类、作物的茎叶、水生植物及非淀粉质的块茎、块根、瓜果类等。

青饲料的含水量一般在75%～90%，水生饲料可以高达90%以上，因此青饲料中干物质含量一般较低。青饲料中水分大多都存在于植物细胞内，它所含有的酶、激素、有机酸等能促进动物的消化吸收，反刍动物对其利用率较高。青饲料干物质的净能值比干草高。

青饲料中蛋白质含量丰富，禾本科牧草和蔬菜类饲料的粗蛋白质含量一般在1.5%～3%，豆科青饲料在3.2%～4.4%，按干物质算，前者为13%～15%，后者达18%～24%。赖氨酸含量较高，可补充谷物饲料中赖氨酸的不足部分。青饲料蛋白质中氨化物（游离氨基酸、酰胺、硝酸盐等）占总氮30%～60%，氨化物中游离氨基酸占60%～70%。对反刍动物可由瘤胃微生物利用转化为菌体蛋白质。生长旺盛的植物中氨化物含量较高，但随着植物生长，纤维素的含量增加，氨化物含量逐渐减少。

牛利用青饲料的能力很强。牧草可以作为唯一的饲料来源，并且不影响其生长繁殖和健康。泌乳牛每天采食牧草干物质量可达体重的2.5%～3%，每日采食12～15千克，在优良牧草地上放牧，可满足日产9千克乳的营养需要；当日产15～20千克乳时，即使是最优良的牧草也不能满足需要。肉牛在单播黑麦草草地上放牧，每天平均增重达750克，在与红三叶草混播的草地上放牧，每天平均日增重900克。据报道，1头肉牛从150千克生长到450千克，需牧草青草干物质700千克左右。

饲喂青饲料时应注意防止亚硝酸盐、氢氰酸中毒。青饲料中一般不含有氢氰酸，但在高粱苗、玉米苗、马铃薯的幼芽、木薯、亚麻叶、豆麻子饼、三叶草、南瓜蔓等饲料经过发霉或霜冻枯萎，在植物体内特殊酶的作用下，植物体会产生氢氰酸。此外，还要防止农药中毒。

二、干草类饲料

干草是指植物在生长阶段收割后干燥保存的饲草。大部分调制的干草，是牧草在未结籽前收割的草。通过制备干草，达到了长期保存青草中的营养物质和在冬季对家畜进行补饲的目的。

粗饲料中，干草的营养价值最高，其高低取决于制作干草的青饲料的种类、收割的生长阶段以及调制贮藏方法。由豆科制成的干草，蛋白质和钙含量较高，禾本科则相对较少。例如紫云英干草中蛋白质为17.9%、钙为1.9%，但玉米青干草中蛋白质和钙的含量分别为7.8%和0.27%。但从它们的消化能来看，禾本科与豆科之间无显著的差别，每千克的消化能为2300千卡，含淀粉约为35%，粗纤维含量变化较大，含量在20%～35%。含纤维高的干草，无氮浸出物量相对就少。

三、秸秆类饲料

秸秆类饲料来源非常广泛。凡是农作物籽实收获后的茎秆和枯叶均属于秸秆类饲料，例如，玉米秸、稻草、麦秸、高粱秸和各种豆秸。这类植物中粗纤维含量较干草高，一般在30%～45%。木质素含量高，例如小麦秸中木质素含量为12.8%，燕麦秸粗纤维中木质素为32%。硅酸盐含量高，特别是稻草，灰分含量高达15%～17%，灰分中硅酸盐占30%左右。秸秆饲料中有机物质的消化率很低，牛、羊消化率一般小于50%，每千克含消化能要低于干草，约为1800千卡。豆科秸秆饲料中蛋白质含量比禾本科的高，钾和硅含量较高，但钙、磷含量不足。

四、秕壳类饲料

秕壳类饲料是种籽脱粒或清理时的副产品，包括种籽的外壳或颖、外皮以及混入的一些成熟程度不等的瘪谷和籽实，因此，秕壳饲料的营养价值变化较大。与秸秆饲料比较，蛋白质含量稍高于同类植物的秸秆，豆科植物的蛋白质优于禾本科植物的。砻糠质地坚硬，粗纤维高达35%～50%，秕壳类饲料能值在2100～3000千卡。其能值变幅大于秸秆，主要受品种、加工、贮藏方式和杂质多少的影响，在处理过程中有大量泥土混入，而且本身硅酸盐含量高，如果尘土过多，甚至堵塞消化道而引起便秘、疝痛。秕壳具有吸水性，在贮藏过程中易霉烂变质，使用时一定要注意。粗饲料的营养价值差别很大。反刍动物对秸秆类饲料进食量不足体重的1%，所以在生产中必须与精料合理搭配使用。

五、青贮饲料

青绿饲料优点很多，但是水分含量高，不易保存。为了长期保存青绿饲料的营养特性，保证饲料淡季供应，通常采用两种方法进行保存。一种方法是青绿饲料脱水制成干草，另一种方法利用微生物的发酵作用调制成青贮饲料。青贮饲料适口性好，利用率高，是奶牛或肉牛饲养中常用的饲料。将青绿饲料青贮，不仅能较好地保持青绿饲料的营养特性，减少营养物质的损失，而且由于青贮过程中产生大量芳香族化合物，使饲料具有酸香味，柔软多汁，改善了适口性，是一种长期保存青饲料的良好方法。此外，青贮原料中含有硝酸盐、氢氰酸等有毒物质，经发酵后会大大地降低有毒物质的含量。

青贮饲料是反刍动物日粮的基本组成成分。反刍动物对青贮饲料的采食量和有机物质的消化率，如果以青饲料采食干物质量为100%，青贮饲料的采食量约为青饲料的35%～40%，低水分青贮饲料采食量高于高水分青贮，而且比干草的采食量低。青贮饲料有机物质的消化率和干草差不多，但比青饲料略低。青贮饲料中无氮浸出物含量比青饲料中的含量低，糖类显著下降，例如，黑麦草青草中含糖9.5%，而黑麦草青贮中仅为2%，粗纤维含量相对提高。青贮饲料中非蛋白氮比例显著提高，例如，苜蓿青贮干物质中非蛋白质含量为62%，青割饲料为22.6%，干草为26%，低水分青贮饲料为44.6%。3种主要处理法可消化氮回收率：田间晒制干草为67%；直接切制青贮为60%；低水分青贮为73%。

青贮饲料饲喂反刍动物时，在日粮中应当适量搭配，不宜过多。各种家畜青贮的用量依青贮原料的不同和家畜生产水平不一，差别很大。在奶牛日粮中的用量可占日粮干物质的40%～70%。青贮饲料饲喂量见表2-1。

表2-1 不同用途的牛的青贮饲料日喂量

使用对象	每100千克体重日喂量/千克	使用对象	每100千克体重日喂量/千克
泌乳牛	3～5	役牛	2～4.5
小母牛	1.5～3	种公牛	1.5～2
肥育牛	2～5		

第四节 饲料级非蛋白氮

一、尿素

尿素为无色、无臭晶体颗粒，易溶于水（1毫升水可溶解1克尿素）、乙醇、甲醇，几乎不溶于乙醚和氯仿。溶解度随温度升高而增加。具有吸湿性。尿素中的氮虽不是蛋白质形态的氮，但和碳水化合物一起经瘤胃微生物作用，可以生成蛋白质形态氮。所以尿素可以作为反刍动物、消化道内合成菌体蛋白的氮源，补充饲料中蛋白质的不足。用该品饲喂反刍动物，可以使肉、奶、毛增产。使用量一般不超过日粮中干物质的1%，饲喂过多，会使动物中毒。在实际应用中可与谷物细粉或其他含碳水化合物的原料，经加温、加压制成浆状或凝胶状产品，如胶状尿素和浆状尿素。使用对象一般为反刍动物。其用法用量如下。

① 拌入精饲料中喂给，把尿素干粉均匀地混入精饲料中喂给。

② 在青贮饲料中添加，添加量为青贮饲料鲜重的0.5%。

③ 制成尿素矿物质舔块，将尿素与矿物质、糖蜜等充分混合，制成砖块状的舔块。可控制尿素的采食量，预防尿素中毒。

④ 在舍饲条件下，与铡碎的青干草混合饲喂，或直接将尿素溶液喷洒在干草上供牛羊自由采食，但此法浪费较大。其使用对象和用量见表2-2。

表2-2　饲料级尿素使用对象及其用量

使用对象	用量	备注
育成牛	40～50克/天	6月龄以上
育肥牛	50～90克/天	6月龄以上
泌乳牛	100克/天	产奶量低于30千克/天

饲喂过量时，在瘤胃内会形成大量的游离氨，致使瘤胃pH值增高。氨通过瘤胃壁进入血液。如果吸收的氨数量超过肝脏的转化能力，则氨在血液中的浓度增加。若血氨水平达到中毒浓度（牛0.011毫克/克血液），便出现典型的氨中毒症状：呼吸急促、肌肉震颤、出汗不止、动作失调，严重时口吐白沫。尿素只能喂给出生6个月以上的牛，添加量不超过精料量的2%，否则会引起尿素中毒。拌入精料中饲喂时，一定要充分混合均匀。还要注意日粮中能量、矿物质、氮硫比的供给或平衡，氮硫比（10～15）：1。

二、硫酸铵

硫酸铵就是平时用的一种氮肥，易溶于水，在潮湿的空气中易吸水结块，毒性小，既是一种硫源也是一种氮源。硫和氮均为瘤胃中微生物生长所必需。可以少量均匀地拌入精饲料中喂给牛。当日粮中硫含量不足时，则应以硫酸钠等作为硫源补充，但用硫酸铵补充硫时，则应将硫酸铵中的氮与日粮中氮及尿素氮等的总和统一考虑。在贮存时严禁与石灰、水泥等碱性物质接触或同库存放。

三、液氨

常用于制作氨化饲料，尤其是处理粗饲料效果较好，有助于饲料粗纤维消化率的提高。用量为秸秆等粗饲料重量的3%。将液氨按照规定用量用专用的器械（长管）注入到粗饲料（主要是小麦秸秆或稻秸）堆垛中，堆垛应用塑料薄膜封闭，防止液氨挥发。由于氨在常温常压下为气体，因而在运输和使用时，需要特殊材料制成的具有抗压能力的优质容器，氨化处理饲料时要密闭保存，减少氨的损失。氨对人、畜有害，在空气中浓度不应过高，浓度达到15%～28%时还会引起爆炸，因此操作时要远离火源，操作人员要经过培训。

贮存时应罐装密闭贮存。罐装液氨用的钢瓶或槽车应符合原国家劳动总局颁布的《气瓶安全监察规程》、《压力容器安全监察规程》等有关规定。液氨钢瓶应存放于库房或有棚的平台上；露天存放时，应以帐篷遮盖，防止阳光直射。

四、磷酸铵类

主要有磷酸氢二铵和磷酸二氢铵，它们可用作非蛋白氮类饲料添加剂，补充反刍动物所需的氮源，同时它们的磷含量都在40%以上，在使用中务必注意磷的总量供给。可以制作成舔块或混入青贮饲料中或直接添加于牧草、精料中使用。不能加入饮水中使用。

五、磷酸脲

磷酸脲是非蛋白氮日粮中的新产品。主要用于牛羊反刍动物，它对反刍动物的增奶和增重都有显著的作用，其效果优于尿素等其他非蛋白氮添加剂，其主要原因是磷酸脲含有水溶性磷和释放慢的非蛋白氮。

作为反刍动物饲料添加剂和其他饲料成分混合使用，也可以将磷酸脲直接加入反刍动物日粮中，混合均匀后使用。其使用对象和用量见表 2-3。

表 2-3　饲料级磷酸脲使用对象及其用量

使用对象	用　量
奶牛	添加量 18～20 克/100 千克活重，或者 120～150 克/(天・头)
肉牛	用量 20～25 克/100 千克体重，或者 120～160 克/(天・头)
作青贮添加剂	每吨鲜青贮原料中加入 30～50 克磷酸脲

磷酸脲属于非蛋白氮产品，用于取代反刍动物日粮中的粗蛋白质，不得超过动物所进食总蛋白质的 20%，在牛羊精饲料中的添加量应在 3%以下。如果作为添加剂使用，应考虑日粮中磷的含量不超标。

六、异亚丁基二脲

异亚丁基二脲为白色颗粒状粉末，略有异味。难溶于水，全无吸湿性，由于难溶于水，释放氨较慢，因而安全性比尿素高。异亚丁基二脲由尿素和异丁醛合成，异亚丁基二脲在反刍动物瘤胃中降解后释放出尿素和异丁醛，随后异丁醛转化为异丁酸，可为瘤胃细菌合成氨基酸时提供碳架，从而促进微生物蛋白质的合成。可添加在精料中混合均匀饲喂，育成牛用量占精料混合料的 1%～1.5%。只能喂给出生 6 个月以后的奶牛，添加量占精料的 2%以下。

七、缩二脲

缩二脲为白色结晶粉末，不结块，属于尿素深加工的一种产品。由于含有三聚氰酸和三聚氰胺，对畜产品存在安全隐患，2009 年 10 月 29 日《中华人民共和国农业部公告》第 1282 号，决定停止缩二脲作为饲料添加剂生产和使用。

八、羟甲基脲

羟甲基脲为白色粉末，无气味，流散性好。用于反刍动物补充氮源，促进动物新陈代谢，增强体质，提高抗病力。有试验结果表明，以羟甲基脲代替精料蛋白质的36%，对育肥牛的增重无显著影响，但是节约了饲料费用。对年产奶量7000千克以上的奶牛，添加0.7%的羟甲基脲，对日产奶量、乳脂率无影响，而可以降低成本5%～15%。过量添加会引起中毒，成年奶牛每天摄入量不得超过100克。

对于非蛋白氮（NPN）在反刍动物饲料和营养中的使用，农业部将颁布相关的法令，对使用范围和剂量给予明确的规定，反刍动物养殖者和饲料生产者应随时注意农业部所颁布的法规，科学合理使用非蛋白氮饲料添加剂。

第五节 常用矿物质饲料原料

矿物质是一类无机营养物质，存在于动物体内的各组织中，广泛参与体内各种代谢过程。除碳、氢、氧和氮4种元素主要以有机化合物形式存在外，其余各种元素无论含量多少，统称为矿物质或矿物质元素。矿物元素在机体生命活动过程中起十分重要的调节作用，尽管占体重很小，且不供给能量，但缺乏时动物生长或生产受阻，甚至死亡。

现今已知，动物的必需常量矿物质元素有钙、磷、钾、钠、氯、镁、硫7种，微量元素有铁、铜、钴、锌、锰、硒、碘、钼、氟、铬、镉、硅、矾、镍、锡、砷、铅、锂、硼、溴20种（后10种是已知必需矿物质元素中需要量最低者，生产上基本不会出现这些元素的缺乏症）。

牛对矿物质的需要受多种因素的影响。现将一些动物对主要必需矿物质元素的最低需要量列于表2-4。

常用饲料可提供动物需要的矿物质营养，但由于不同饲料所含矿物质元素不同，而不同动物对矿物质元素需要也不同，因此不一定都能满足需要。反刍动物常是钙、磷、钾、镁、硫不足，铁、铜、碘、钴、锰处于临界缺乏或缺乏，锌有时可能不足，硒、氟、钼缺与不缺因地而异。

表 2-4　各种动物对必需矿物质元素的最低需要量

矿物质元素	生长猪	肉牛	产蛋鸡	小牛(羔羊)	生长反刍动物	产奶反刍动物
钙/%	0.70	0.70	3.5	0.60	0.60	0.70
磷/%	0.45	0.40	0.4	0.35	0.30	0.30
钠/%	0.13	0.16	0.15	0.12	0.12	0.15
氯/%	0.13	0.20	0.20	0.13	0.13	0.20
钾/%	0.50	0.40	0.50	0.50	0.50	0.70
镁/%	0.05	0.05	0.05	0.10	0.25	0.25
硫/%	0.10	0.10	0.10	0.10	0.10	0.10
铁/(毫克/千克)	50	40	40	75	50	50
锰/(毫克/千克)	25	60	60	60	60	60
锌/(毫克/千克)	40	50	40	30	30	40
铜/(毫克/千克)	20	10	10	10	10	12
硒/(毫克/千克)	0.15	0.20	0.20	0.15	0.15	0.15
碘/(毫克/千克)	0.30	0.40	0.30	0.30	0.30	0.30
钴/(毫克/千克)	0.05	0.05	0.05	0.08	0.08	0.08
钼/(毫克/千克)	0.10	0.10	0.10	0.10	0.10	0.10

现代动物生产中，由天然饲料配制成的日粮不能满足需要的部分，一般都用矿物质饲料或微量元素添加剂来补充。由于矿物元素具有不稳定性和易结合的特点，发生相互作用的可能性比其他养分大。这种相互作用包括协同作用和拮抗作用，生产中尤其应注意相互间的抑制，如磷、镁、锌、铜间相互抑制，钾对锌、钾对锰有抑制作用，钠抑制铁、钴抑制铁、铜抑制铁等，因此，配合饲料时必须保证矿物元素之间的平衡。

肉牛对铜的需要量随着日粮中钼和硫含量的不同，可以控制在4～15 毫克/千克。肉牛日粮中铜的推荐含量为 10 毫克/千克，其前提是日粮中硫的含量不超过 0.25%，钼的含量不超过 2 毫克/千克，因为钼和硫可以使肉牛铜的需要量增加许多。铜含量低于 10 毫克/千克日粮可能不能够满足圈养肥育牛对铜的需要。

反刍动物对日粮铜浓度的敏感程度要明显高于其他动物。反刍动物全血铜浓度临界值范围为 3.9～6.4 微摩尔/升，血清铜浓度临界值范围为 3～9 微摩尔/升。

肉牛对铁的需要量大约为 50 毫克/千克日粮。在饲喂奶牛的犊牛中所做的研究表明，40～50 毫克/千克足以满足生长的需要和防止贫血症的发生。年龄较大的牛对铁需要量很可能比犊牛低。

正常情况下谷类籽实的铁含量为 30～60 毫克/千克；油料籽实饼粕的铁含量为 100～200 毫克/千克。粗饲料的铁含量变化很大，但大部分粗饲料都含铁 70～500 毫克/千克。水和土壤也是肉牛摄入铁的重要来源，在饮用水或粗饲料中铜含量较高的地区，日粮铁含量可能需要提高，以免出现缺铁的现象。

肉牛的锌需要量推荐值为 30 毫克/千克日粮。在大部分条件下这一浓度都可以满足需要。对于采食粗饲料基础日粮的肉牛对锌的需要量以及肉用母牛繁殖期和泌乳期对锌的需要量还没有确定。

日粮严重缺锌会导致牛的生长受阻、饲料采食量和利用效率降低，睾丸生长受阻，腿、颈、头和鼻孔周围的皮肤不完全角化最为严重，伤口无法愈合和脱毛症等。

一、磷酸氢钙

磷常与钙一起在骨骼的形成中共同起作用。在过去过分强调了钙磷比对反刍动物生产性能的影响，但研究证明只要磷的进食量足够满足需要，日粮的钙磷比在 1∶1 到 3∶1 之间变化时，牛的生产性能短期内不受影响。

犊牛易发生磷缺乏症，发生磷缺乏的血浆临界浓度范围为 1.3～1.9 毫摩尔/升。谷类籽实和油料籽实饼粕的磷含量较高，动物和鱼类产品的磷含量高。磷补充料按利用率的高低排列如下：磷酸氢钙＞脱氟磷酸盐。

牛长期缺乏钙磷后会导致食欲不振与生产力下降。患畜消瘦、生长停滞。母畜不发情或屡配不孕，并可导致永久性不育，或产畸胎、死胎，产后泌乳量减少。公畜性机能降低，精子发育不良、活力差。缺磷时异食癖表现更为明显。幼年动物的饲粮中缺乏钙磷及其比例不当或维生素 D 不足时均可引起佝偻症，表现为骨关节肿大，四肢弯曲，呈“X”形或“O”形，肋骨呈“捻珠状”突起，骨质疏松、易骨折，犊牛四肢畸形、弓背。幼年动物在冬季舍饲期，喂以钙少磷多的精料，又很少接触阳光时最易出现这种症状。

在妊娠后期与产后母畜、高产奶牛，饲粮中缺少钙磷或比例不当，为供给胎儿生长或产奶的需要，动物过多地动用骨骼中的钙和磷，造成骨质疏松、多孔、呈海绵状，骨壁变薄，容易在骨盆骨、股骨和腰荐部椎骨处发生骨折。母牛常于分娩前后瘫痪。

动物对钙、磷有一定程度的耐受力。过量直接造成中毒的少见，但超过一定限度，会降低动物的生产性能。

饲养实践中，除了要满足钙磷需要量的供应外，还必须采取措施，促进钙磷在动物体内的吸收。可选择饲喂富含钙磷的植物，如大豆、苜蓿、花生秧等含钙丰富。禾谷类籽实和糠麸类中缺钙含磷多，但60%以上的磷是以植酸磷的形式存在。植物性饲料常满足不了动物对钙磷的需要，必须在饲粮中添加矿物质饲料，如石粉、磷酸氢钙等，调整钙磷比例为（1～2）：1，以提高其吸收率。同时加强动物的舍外运动，如多晒太阳，使动物被毛、皮肤、血液等中7-脱氢胆固醇大量转变为维生素 D_3，或在饲粮中添加维生素 D。此外，对饲料地、牧草地多施含钙磷的肥料，以增加饲料中钙磷的含量。

二、碳酸钙

钙的需要量随着年龄的增长而减少，对于同一年龄则随动物生长速度的加快而增加；妊娠牛对钙的需要量增加速度比较缓慢，但随产奶的开始，对钙的需要量则很快提高。建议日粮中钙的浓度至少保证0.5%以上。

粗饲料通常都是钙的丰富来源，豆科作物的钙含量比禾本科作物更高。谷类籽实的钙含量低，因此高谷物含量的日粮需要补加钙。钙的补充料包括碳酸钙（石粉）、钙、脱氟磷肥、磷酸二氢钙和硫酸钙等。

三、氯化钠

除酱油渣等含盐饲料外，多数饲料中均缺乏钠和氯。食盐是供给动物钠和氯的最好来源。食盐具有调节饲料口味、改善适口性、刺激唾液分泌、活化消化酶等作用。动物饲粮中，一般都需要另补食盐。

反刍动物对钠有嗜好，如果让它们自由采食，它们食入的食盐将超过其需要量。氯的需要量还没有准确地确定，不过在实际条件下氯缺乏的可能性较小。

谷类籽实和油料籽实的饼粕通常无法为肉牛提供充足的钠。粗饲料的钠含量变化很大。钠的补充料包括氯化钠和碳酸氢钠，两种形式的钠的利用率都很高。

动物缺少食盐的表现：食欲不振、被毛脱落、生长停滞、生产力下降，并有掘土毁圈、喝尿、舔赃物等异嗜癖。动物由于汗液排除大量钠和氯，缺少食盐时，可发生急性食盐缺乏症，其表现为：神经肌肉活动失常、心脏机能紊乱，甚至死亡。因此，必须经常供给动物食盐。但食盐过多、饮水量少，也会引起动物中毒。反刍动物不易发生食盐中毒，可自由舔食。

四、硫酸镁

镁缺乏症在奶牛、肉牛和绵羊中均有发生。反刍动物缺镁症可分为两种类型。一种类型是长期喂缺镁日粮，以致体内贮存的镁消耗殆尽而发生的缺镁症。主要症状为痉挛，故也称其为“缺镁痉挛症”。这种类型的缺镁症主要发生于土壤中缺镁地区的犊牛和羔羊。另一种类型是早春放牧的反刍动物，由于采食含镁量低（低于干物质的0.2%）、吸收率又低（平均17%）的青牧草而发生的缺镁症，称其为“草痉挛”，主要表现为神经过敏、肌肉痉挛、呼吸弱、抽搐，甚至死亡。幼龄犊牛在食用低镁人工乳时，也会引起低血镁，其临床症状与“草痉挛”相似。镁过量可使动物中毒，主要表现为昏睡、运动失调、拉稀、采食量下降、生产力降低，严重时死亡。生产实践中，使用含镁添加剂混合不均匀时可导致中毒。

镁普遍存在于各种饲料中，尤其是糠麸、饼粕和青饲料中含镁丰富。谷实类、块根茎类中也含有较多的镁。缺镁地区的反刍动物，可采用氧化镁、硫酸镁或碳酸镁进行补饲。患“草痉挛”的反刍动物，早期注射硫酸镁或将两份硫酸镁混合一份食盐让其自由舔食均可治愈。

五、硫酸钠

硫的缺乏通常是动物缺乏蛋白质时才会发生。动物缺硫表现为消瘦，角、蹄、爪、毛、羽生长缓慢。反刍动物用尿素作为唯一的氮源而不补充硫时，也可能出现缺硫现象，致使体重减轻，利用粗纤维能力降低，生产性能下降。自然条件下硫过量现象少见。用无机硫作添加剂，用量超过 0.3%～0.5%，可能使动物产生厌食、失重、抑郁等症状。动物日粮中的硫一般都能满足需要，不需要另外补饲，但在动物脱毛期间，为加速脱毛，可补饲硫酸盐，如硫酸钠、硫酸钙、硫酸镁等。

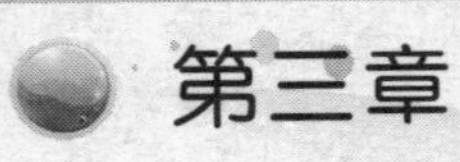

第三章 常用饲料添加剂

第一节 氨 基 酸

由于瘤胃微生物的作用，直接添加到奶牛日粮中的氨基酸，会在瘤胃中部分或完全降解，最终到达小肠可被吸收利用的氨基酸量很少。赖氨酸和蛋氨酸是反刍动物增重、产奶或产毛的主要限制性氨基酸，因此过瘤胃氨基酸的研究主要集中在这两种氨基酸上。使用少量的瘤胃保护氨基酸不但可以代替数量可观的瘤胃非降解蛋白，还能提高奶牛产奶量和乳脂率，降低日粮蛋白质水平，从而降低饲料成本。

由于在反刍动物的日粮中添加结晶型的赖氨酸和蛋氨酸会受瘤胃微生物的影响而在瘤胃中迅速的发生脱氨基作用。因此，许多新的技术用来保护赖氨酸和蛋氨酸通过瘤胃而不被降解，同时又不影响氨基酸在小肠的消化。

就技术而言，目前采用的方法可分为以下三类：①采用脂肪酸或对 pH 值敏感的多聚体的混合物进行表面包被；②用脂肪或饱和脂肪酸和矿物质进行包被或结合；③直接使用液体的蛋氨酸（Met）羟基类似物。

直接包被技术是一种在瘤胃后提供营养物质的体系，它不依赖于消化酶的功能，而只取决于瘤胃和皱胃间的 pH 值差异。此技术的物化产品属于瘤胃惰性产品，具有较高的表观瘤胃保护效率，而且包被氨基酸还具有较高的小肠释放效率。

饱和脂肪酸结合技术具有一定的不稳定性。由于赖氨酸理化特性的特殊性，此类技术目前仅限于蛋氨酸。结合包被技术需要确定处理工艺和包被材料之间的恰当组合；选用的材料通常是包被物或基质，它们对营养物质提供合理程度的保护以防止瘤胃降解，另外这种材料还能保证营养物质在肠道具有合理程度的释放。用脂肪和脂肪酸包被的过瘤胃蛋氨酸的生物利用率低于用多聚体直接表面包被的过瘤胃蛋氨酸。

蛋氨酸羟基类似物（MHA）又名液态羟基蛋氨酸，化学名称为2-羟基-4-甲硫基丁酸（HMB），是DL-蛋氨酸合成过程中氨基由羟基所代替的一种产品，分子式 $C_5H_{10}O_3S$，相对分子质量150.2。使用时可备喷雾器将其直接喷入饲料后混合均匀，操作时应避免该产品直接接触皮肤。据报道，MHA作为蛋氨酸的替代品使用，其效果按质量比计，相当于蛋氨酸的65%～88%。液态羟基蛋氨酸通常以其单体、二聚体和三聚体组成的平衡混合物形式存在，为深褐色黏状液体，有硫化物特殊气味。HMB抵抗瘤胃降解的作用比游离蛋氨酸更强，它经瘤胃和瓣胃上皮细胞吸收，且反刍动物拥有将HMB转化为蛋氨酸所需的各种酶。

第二节 维 生 素

维生素分为脂溶性（维生素A、维生素D、维生素E、维生素K）和水溶性（B族维生素和维生素C）两大类。维生素是保证奶牛正常生产性能的发挥和健康所必需。维生素A、维生素D、维生素E是在奶牛饲料中必须添加的维生素。许多研究认为，在干奶期给母牛饲喂高水平维生素E（1000国际单位/天），有助于降低母牛产犊后奶中体细胞的数量和乳房炎的发病率，并提高初乳中维生素E的含量。奶牛天然饲料中含有的及瘤胃微生物合成的维生素K和B族维生素数量一般可以满足产奶需要，但在高产奶牛中，烟酸、胆碱和硫胺素等的合成量可能不足，需要补加。

一、维生素A

维持动物正常视觉与繁殖功能，保护黏膜完整性和防止上皮角化，促进骨骼发育与组织生长，稳定脑脊髓液压，参与激素合成，防止细胞癌变。在饲料中补充维生素A能提高动物免疫功能，增强其对疾病的抵抗力。维生素A缺乏时，动物发生干眼病，黏膜上皮角质化，繁殖能力降低，免疫力下降。

二、维生素 D_3

主要用于调节钙、磷代谢，维持骨骼的正常生长发育。此外，还有降低肠道pH，促进肠道中钙、磷吸收的作用。幼龄动物缺乏维生素 D_3 易患佝偻病，病畜骨骼畸形，四肢弯曲，膝关节及后踝关节肿大，行动困难，胸前肋骨的软骨部分增生。成年动物缺乏维生素 D_3 将导致矿物质代谢失调，骨骼中钙、磷含量降低，发生软骨病和骨质疏松症。

三、维生素E

作为生物抗氧化剂具有维护生物膜的完整性，增强机体免疫机能，提高抗应激的能力，并可促进肝脏及其他器官内泛醌的合成，而泛醌在组织呼吸中起重要作用。维生素E还可刺激垂体前叶，促进性激素分泌，调节性腺的发育和正常功能发挥，有利于受孕和受精卵着床、提高生殖机能。动物缺乏维生素E会导致多种症状，如脑软化症、渗出性素质和肌肉营养障碍以及雄性动物繁殖力因精子形成不全而下降等。

四、烟酸

烟酸在动物体内参与脂肪、蛋白质和碳水化合物代谢。烟酸的突出药理功能是降低血脂和体脂。烟酰胺作为饲料添加剂，烟酰胺和烟酸基本等效。

五、生物素

生物素参与机体的碳水化合物、蛋白质和脂肪代谢，具有预防皮肤病、促进脂肪代谢等生理功能。奶牛缺乏生物素会导致生长抑制，无食欲，毛粗而无光泽，倦怠，繁殖紊乱等。生物素严重短缺时，动物皮肤及黏膜受到破坏，皮肤干裂，有脓疱，渐渐变薄和布满鳞片、癣及蜕皮，最后形成过度角化或角化不全症。当饲料变质或垫料发霉后，会产生大量的链霉菌抗生物素蛋白，会阻碍生物素的正常吸收和利用，造成生物素缺乏症，奶牛蹄病发生率会提高。此外，日粮中蛋白质、不饱和脂肪酸、维生素 C 和其他 B 族维生素都会影响生物素的利用。

六、氯化胆碱

胆碱在体内可参与调节脂肪的代谢和转化，预防肝和肾中的脂肪过度沉积，促进氨基酸的再形成，可提高氨基酸尤其是蛋氨酸的利用率。此外，胆碱还参与神经传导。目前，在奶牛和肉牛饲料中添加保护处理的胆碱已经取得了良好的促生长效果。

第三节 微量元素

一、补铁制剂

常用补铁制剂有七水硫酸亚铁、一水硫酸亚铁、三水乳酸亚铁。动物缺铁时，血红素生成减少，红细胞中血红蛋白减少，发生低色素小细胞性贫血。患畜食欲减退、生长不良、皮毛粗糙，皮肤与可视黏膜苍白，且略黄染，轻度腹泻，呼吸困难，对多种感染病原体的易感性增加，还会导致畜禽机体体温调节失控。过量摄入铁会导致中毒。牛对铁的最大耐受量（以日粮基础计）为 1000 毫克/千克。使用包被加工的补铁制剂时应注意包被材料的化学成分。七水硫酸亚铁容易氧化变质，如果颜色变成褐色，表明不可利用的铁离子含量增加，品质下降，不宜再用。一水硫酸亚铁容易吸潮，如果颜色变成绿色，表明结晶水增加，使用前应重新测定亚铁含量。

二、补铜制剂

常用补铜制剂有五水硫酸铜、一水硫酸铜、蛋氨酸铜、碱式氯化铜。动物体内长时间缺铜会导致铁吸收受阻产生贫血。奶牛可表现低色素和大红细胞性贫血。缺铜也能引起牛骨折或骨畸形。缺铜还能使动物毛褪色，血管脆裂，也可引起牛心肌纤维变性、腹泻和死亡。超量添加本品会引起铜中毒。牛对铜的最大耐受量（按日粮基础计）为100毫克/千克。饲料中添加铜会促进不饱和脂肪酸氧化酸败，同时对维生素有破坏作用，使用时应注意。此外，饲料中铜含量过高，会造成动物肝中铜积累，可能对人体有不良影响。

三、补锌制剂

常用补锌制剂有七水硫酸锌、一水硫酸锌、无水硫酸锌。缺锌时，动物发生皮肤不完全角质化症，食欲减退，胚胎发育不全，繁殖机能下降，生长停滞及上皮细胞代谢异常，并导致畜禽免疫机能低下，对疾病的易感染性增加，影响动物生长发育和饲料利用率。超量添加会引起锌中毒。牛对锌的最大耐受量（以日粮基础计）为500毫克/千克。锌与钙、铜、铁等元素存在拮抗作用，日粮中这些元素含量较高时，应适当增加锌的用量。

四、补锰制剂

常用补锰制剂有一水硫酸锰、酵母锰。缺锰时，家畜生长减慢，采食量下降，骨骼畸形，共济失调，生殖机能异常，产奶少，胎儿弱且运动失调。牛对锰的最大耐受量（以日粮基础计）为1000毫克/千克。酵母锰易霉变，为保持产品新鲜建议添加防霉剂。

五、补碘制剂

常用补碘制剂有碘化钾、碘酸钾、碘酸钙。缺碘会导致动物新陈代谢紊乱、机体发生障碍、甲状腺肿大和黏液性水肿，影响神经功能和被毛色质及饲料的消化吸收，最终导致生长发育缓慢。碘化钾稳定性较差，易释出游离碘，影响维生素、抗生素等饲料添加剂的效价。超量添加会引起碘中毒。

六、补钴制剂

常用补钴制剂有六水氯化钴、一水氯化钴和硫酸钴。钴还能促进牛对尿素的利用和对纤维素的消化，并能提高牛的生长速度以及牛奶中乳脂和乳蛋白的含量。缺钴时，反刍动物食欲变差，生长缓慢、消瘦，异食癖，极度贫血致死。超量添加本品会引起钴中毒。奶牛对钴的最大耐受量（以日粮基础计）为10毫克/千克。

七、补硒制剂

常用补硒制剂有亚硒酸钠、酵母硒。严重缺硒时，牛、羊缺硒主要表现为白肌病，缺硒对动物繁殖性能有明显损害，牛产仔胎衣不下。亚硒酸钠剧毒，操作时应注意防护，避免本品与皮肤直接接触和吸入人体。各类畜禽对硒的最大耐受量（以日粮为基础）均为2毫克/千克。酵母硒是选用酵母在含硒的培养基中发酵培养，使无机硒结合成有机硒（主要以结合蛋白形式存在），再分离出酵母并洗净细胞表面吸附的无机硒，经浓缩和喷雾干燥的方式精制而成的富集高浓度硒的酵母产品，保证硒元素在菌体中以有机状态存在，同时也将酵母本身富含的蛋白质、糖类、维生素及其他对动物有益的活性物质保存下来。酵母硒为淡黄褐色粉状，具有酵母的特殊风味。但易霉变，为保持产品新鲜建议添加防霉剂。

微量元素又称生命元素，用量小，但作用关键，对有些元素如硒、碘和钴，它们的用量和中毒量的间距很小，稍有不慎容易发生中毒。所以不提倡用户自行配制微量元素预混合饲料，应根据动物的种类和生产目的从规范的公司购买复合产品。

第四节　缓　冲　剂

缓冲剂是用来调整奶牛瘤胃pH值和其体液酸碱度的弱碱性物质，缓冲剂主要包括碳酸氢钠、碳酸钠、氧化镁、膨润土、草木灰等。在奶牛日粮中添加缓冲剂，一是能改善奶牛对饲料的采食量，稳定和提高产奶量；二是能使牛的瘤胃、肠道内容物和体液的氢离子浓度保持正常，缓冲瘤胃内的胃酸使pH值相对稳定；三是冲淡了瘤胃液，使瘤胃液的外流速度大大增加，同时又增加了乙酸浓度，提高了乙酸、丙酸的比例，进而提高了乳脂率；四是能有效地防止发生瘤胃酸中毒，提高抗病能力，确保牛体健康。

一、碳酸氢钠

作为电解质平衡剂，可直接增加机体的碱贮，使体液中的 H^+ 浓度降低，防止酸中毒。在体内有维持正常渗透压、酸碱平衡、水盐代谢等作用，对促进畜禽的消化、免疫、抗应激等能力以及提高生产力等具有重要作用。添加于饲料中，并混合均匀。按日粮干物质进食量的0.5%～1.0%添加，或按精料饲喂量的1.0%～1.5%添加。对日产奶量高于30千克的高产奶牛，在添加碳酸氢钠的同时，还要另加氧化镁或膨润土。

碳酸氢钠含有钠离子，在添加碳酸氢钠时，可减少和不添加食盐。在开始使用碳酸氢钠时，有的动物会出现厌食，应采取逐渐增加添加量的方法饲喂，以避免动物采食量突然下降。要根据动物的品种、年龄、日粮组成、饲养水平等调整添加量，以避免因使用不当产生碱中毒。

二、倍半碳酸钠

倍半碳酸钠是碳酸氢钠和碳酸钠两种成分的混合物，是公认安全的缓冲剂。据国外报道，使用倍半碳酸钠饲喂产奶牛，与对照相比，产奶量平均增加1.6千克，乳脂率提高0.23%。在生产实际中倍半碳酸钠按日粮干物质总量的0.5%～1%添加。

三、氧化镁

氧化镁是一种碱性物质，不仅可以补充饲粮中镁的不足（含镁54%），而且能够调节瘤胃发酵，并增加乳腺对乳脂合成前体物的吸收。氧化镁的溶解度，饲料的热处理和颗粒度大小，直接影响到氧化镁的作用效果。按日粮干物质总量的0.2%～0.4%添加；或用2～3份碳酸氢钠与1份氧化镁混合，其用量为日粮干物质的0.6%～0.8%添加。

四、碳酸钙

碳酸钙（石粉）在瘤胃中所起的缓冲作用很小。但在高淀粉饲粮条件下，碳酸钙通过提高小肠和大肠中淀粉消化率以及增强淀粉分解酶活性，可以提高粪便的 pH。饲粮中添加石粉使钙达到 0.6%～0.8%时，碳酸钙可以提供少量缓冲酸的作用，在生产中可以综合考虑钙含量和缓冲作用，合理使用碳酸钙。

五、膨润土

膨润土（也称蒙脱石）是饲料制粒工艺中广泛使用的黏合剂。它是一种含有某些矿物质的黏土，具有缓冲剂的功能。膨润土通过改变瘤胃挥发酸的比例，从而起到防止乳脂率降低的作用。膨润土在瘤胃中能够膨胀体积（5～20 倍）、吸附和交换矿物质及氨，便于瘤胃微生物的有效利用。按日粮干物质量的 0.5%～2.0%添加，或按精料量的 1.0%～3.0%添加。

六、草木灰

草木灰是廉价的缓冲剂。草木灰中含氧化钾 5%～10%，还含有钙、磷、硼、锰、锌、钼等微量元素，奶牛食用后能明显提高产奶量。草木灰呈碱性，具有消毒、杀菌、收敛、清理肠胃、吸附肠道内有害成分的功能，用来作缓冲剂，能起到中和胃酸、增加食欲、增强抗病力的作用。按日粮干物质的 2%～3%添加，或按精料量的 3%～4%添加。

另外一些作为缓冲剂使用的添加剂还有碳酸钾、碳酸氢钾、碳酸镁和碳酸钠等。钾盐在热应激和低钾日粮中具有良好效果，但价格高，而且市面上供应品种少。二价碳酸盐的碱性较一价碳酸氢盐强，但通常适口性都很差。

第四章

肉牛的营养及日粮的科学配制技术

第一节　肉用牛的品种

肉用牛品种，一般是指肉牛和肉乳（乳肉）兼用品种。对肉用牛品种，按其品种来源、体型大小和产肉性能，大致可以分为下列三类。

① 中、小型早熟品种　生长快，肉中脂肪多，皮下脂肪厚，体型较小，一般成年公牛体重500～700千克，母牛400～500千克。如海福特、短角、安格斯、无角红、德温等品种。

② 大型欧洲品种　产于欧洲大陆，原为役用牛，后转为肉用。其特点是体型大，肌肉发达，脂肪少，生长快，但较晚熟。成年公牛体重可超过1000千克，母牛可超过700千克。如法国的夏洛来、利木赞，意大利的契安尼娜、罗曼诺夫，德国黄牛，瑞士的西门塔尔、瑞士褐牛，加拿大的康凡特等品种。

③ 含瘤牛血统的品种　如抗旱王、肉牛王、圣塔·格特鲁、婆罗福特等品种。

一、肉牛品种

1. 夏洛来牛

（1）原产地　夏洛来牛原产于法国的夏洛来省，最早为役用牛。世界上很多国家都引入夏洛来牛，作为肉牛生产的种牛。

（2）外貌特征　毛色为乳白色或白色，皮肤及黏膜为浅红色。头部大小适中而稍短，额部和鼻镜宽广，角圆而较长，向两侧向前方伸展，并呈蜡黄色。体格大，胸极深，背直、腰宽、臀部大，大腿深而圆，骨骼粗壮，全身肌肉发达，背、腰、臀部肌肉块明显，肌肉块之间沟痕清晰，常有“双肌”现象出现。四肢长短适中，站立良好。

(3) 生产性能　夏洛来牛属于大型肉用牛，成年公牛活重1100～1200千克，体高142厘米；成年母牛活重700～800千克，体高132厘米。公、母犊牛的初生重分别为45千克和42千克。夏洛来牛增重快，尤其是早期生长阶段。在良好的饲养条件下，6月龄公牛可以达到250千克，母牛210千克，日增重为1400克。夏洛来牛的平均屠宰率为65%～68%，净肉率54%以上。肉质好，脂肪少而瘦肉多。母牛一个泌乳期产奶2000千克，从而保证了犊牛生长发育的需要。引入我国后尽管饲养管理条件发生了变化，由放牧变为了舍饲，一般饲草取代了苜蓿等优质草。但是，种牛能够适应这种管理制度和饲料类型。不过，一些种牛站介绍，引入夏洛来牛的日增重水平难以赶上其原产地条件下的日增重水平。

(4) 杂交改良效果　夏洛来牛与本地黄牛杂交，杂种一代的初生重大，生长发育快、增重显著。根据河南省许昌地区的报道，夏本一代公、母犊的初生重分别为32.60千克和32.27千克，而本地黄牛的公、母犊初生重分别为23.89千克和20.71千克；6月龄体重，夏本一代母牛为163.5千克，本地母牛为104.8千克；夏本一代成年母牛的体高、体长、胸围、体重分别为135厘米、147厘米、189.2厘米和487.96千克，比同龄本地母牛分别增加2.8厘米、3.3厘米、16.3厘米和87.26千克。夏洛来公牛与个体较小的母黄牛杂交，难产率往往偏高。夏洛来杂种犊牛个体大，生长快，对营养水平要求高，在饲草饲料条件差的条件下，犊牛断奶前、后生长受阻，发育不良，甚至出现“倒退”现象。

夏杂一代牛的肉用性能有很大改进。根据山西省的试验，夏杂一代牛在以放牧为主、适当补饲的低营养水平下，经过3个月的粗放育肥，1.5岁时体重达到256.8千克。其屠宰率为50.1%，净肉率为40.6%，分别比本地牛提高2%～3%。不少地区的屠宰试验表明，夏洛来杂种牛的骨量偏大。另外，对于生产高档牛肉来说，夏洛来杂种牛不属于优选者。

在我国夏洛来牛是肉牛生产配套系的父本和轮回杂交的亲本。目前黑龙江、内蒙古和河南是主要的供种地区。

2. 利木赞牛

（1）原产地　利木赞牛的祖先是德国和奥地利黄牛，原产地为法国中部贫瘠的地方。原来为役肉兼用牛，从1850年开始培育，1900年后向瘦肉较多的肉用方向转化。是法国第二个重要肉牛品种。

（2）外貌特征　利木赞牛毛色为黄红色或红黄色，口鼻周围、眼圈周围、四肢内侧及尾帚毛色较浅。头较短小，额宽，公牛角稍短且向两侧伸展，母牛角细且向前弯曲，肉垂发达。体格比夏洛来牛轻、小，胸宽而深，体躯长，全身肌肉丰满，前肢肌肉发达，但不如典型肉牛品种那样方正。四肢较细。成年公牛体高140厘米，母牛130厘米。成牛公牛体重950～1200千克，母牛600～800千克。在欧洲大陆型肉牛品种中是中等体型的牛种。

（3）生产性能　利木赞牛初生重较小，公犊为36千克，母犊为35千克；难产率较低。该品种的牛，生长强度大，周岁体重可达450千克；比较早熟，如果早期的生长不能得到足够的营养，后期的补偿生长能力较差。它还具有良好的牛肉品质，瘦肉多脂肪少、嫩度高、肉味道好，在幼龄时就能形成一等牛肉。屠宰率63%以上，净肉率52%，肉骨比为（12～14）∶1。适合东、西方两种风格的牛肉生产。母牛泌乳期产奶量1200千克，乳脂率5%，产奶量不高。母牛初情期1岁左右，初配年龄是18～20月龄。适应性强，对牧草选择性不严格，耐粗饲，喜在舍外采食和运动。

（4）杂交改良效果　山东省曹县用利木赞牛改良本地鲁西牛，利鲁杂种一代公牛的初生、6月龄、18月龄和24月龄体重分别为34.0千克、167.1千克、347.6千克和445.9千克，而本地公牛的同月龄体重分别为27.7千克、146.3千克、268.6千克和347.9千克。另据山东省单县的资料，在营养水平偏低的条件下，18月龄的利鲁杂种一代牛的体重为290.7千克，比本地鲁西牛的236.7千克提高了22.8%。利木赞与鲁西黄牛杂交，其后代育肥后已销往日本。根据单县、曹县、济宁市的测定，初始年龄为13月龄、16月龄的利鲁杂种一代牛进行90天的育肥，平均日增重1～1.45千克，屠宰率分别为57%～60%、47%～50.5%。

利鲁杂种一代牛体型趋向于父本，前胸开阔，后躯发育良好，肌肉丰满，呈典型的肉役兼用体型。毛色与鲁西黄牛一致，无杂毛着生，并具有明显的“三粉”特征。

目前，黑龙江、山东、安徽为主要的供种区，全国范围内供种不足。

3. 安格斯牛

（1）原产地　安格斯牛为古老的小型肉牛品种。原产于英国苏格兰北部的阿伯丁和安格斯地区。在英国，对安格斯的有计划育种工作始于18世纪，选育方向要求早熟、肉质好，屠宰率、饲料报酬率和犊牛成活率高。

（2）外貌特征　安格斯牛体型小，无角，头小额宽，头部清秀，体躯宽深，背腰平直，呈圆筒状，侧望呈长方形，全身肌肉丰满，骨骼细致，四肢粗短，蹄质结实。被毛富有光泽而均匀，毛色为黑色，红色安格斯牛毛色暗红或橙红，犊牛被毛呈油亮红色。成年公牛体重800～900千克，母牛500～600千克。

（3）生产性能　安格斯牛初生重小，为25～32千克，母牛难产率低。在良好的草场条件下，从初生到周岁可保持900～1000克的日增重水平。安格斯牛有优秀的肉用性能，在粗放条件下饲养，屠宰率可达60%～65%。该牛早熟易肥，胴体品质和产肉性能俱佳，被认为是世界肉牛品种中肉质很好者。其肉质适合东、西方两种风格的牛肉生产。在美国牛肉市场上，安格斯牛牛肉售价很高，素有“贵族牛肉”之称。如果生产适于东方风格的高大理石状花纹等级牛肉，安格斯将是一个比较理想的品种。

安格斯牛通常在12月龄可达到性成熟，18～20月龄可初次配种，连产性好。母牛乳房较大，泌乳期产奶量639～717千克。

该牛对环境适应性好，抗寒，耐粗饲，但在粗饲料利用能力上不如海福特牛。母牛稍有神经质，易于受惊。

（4）杂交改良效果　黑色安格斯与本地黄牛杂交，杂种一代牛被毛黑色，无角的遗传性很强。杂种一代牛体型不大，结构紧凑，头小额宽，背腰平直，肌肉丰满。初生重、2 岁重比本地牛分别提高 28.71%和 76.06%。杂种一代牛在山地放牧，行动敏捷、爬坡能力强、步伐轻快，吃草快。但较神经质，易受惊。在一般的营养水平下饲养，其屠宰率为 50%，净肉率为 36.91%。

安格斯牛用于肉牛杂交体系，对南方山区和草原地带都是良好的品种资源。20 世纪 90 年代辽宁省铁岭市又引入了红色安格斯牛，在河南省和内蒙古自治区也有少量引入。在黄牛改良工作中，红色安格斯牛更易被群众接受，因为其毛色与多数黄牛接近。

4. 契安尼娜牛

契安尼娜牛分布于意大利中西部的契安尼娜山谷，是目前世界上体型最大的肉牛品种。与瘤牛有血缘关系，属含瘤牛血统的品种。19 世纪初用波图黑牛与本地牛杂交育成，1956 年出版良种册。

毛色纯白，尾毛黑色。除腹部外，皮肤上均有黑色素。犊牛出生时，被毛为深褐色，在 60 日龄内逐渐变成白色。与其他品种杂交时，白色呈隐性，带色素的皮肤为显性性状。体格大、体躯长、四肢高，结构良好，但胸部深度不够。

公牛活重，12 月龄达 600 千克，成年 1800 千克；母牛成年活重 1000 千克。成年体高，公牛 184 厘米，母牛 150～170 厘米。初生重，公犊为 47～55 千克，母犊 42～48 千克。

该品种较早熟。78 头一周岁幼牛平均活重 409 千克，平均日增重 1.23 千克。肉品质好，具大理石纹状结构，细嫩。育肥性能接近夏洛来牛。产乳量不高，仅 400～500 千克，但足以哺育犊牛。对环境条件适应性较好，繁殖力强，难产很少。

南阳黄牛研究所从国外引进契安尼娜牛冷冻精液，开展契安尼娜牛与南阳牛杂交的探索性试验。据 1993 年的报道，经育肥的 20 月龄的契南 F_1 和南阳牛的体重分别为 489.8 千克和 431.5 千克；育肥期（15～20 月龄）日增重分别为 1.085 千克和 0.846 千克，17 月龄的屠宰率分别为 60.0%和 59.5%，净肉率分别为 50.7%和 49.6%。契南 F_1 肉品蛋白质含量高，脂肪率低，完全适应欧美牛肉市场“红肉型”的要求。

5. 比利时白蓝牛

(1) 原产地和育种工作　比利时白蓝牛是比利时第一个牛种。共有140万头，占比利时牛群的40%。遍布比利时南部，在该国北部的群体也在增加。比利时白蓝牛能够很好地适应比利时的土壤、地势和气候的多样性。该品种是从1960年开始精心选育，仅仅经过20余年，就使牛的体型和肉用性能发生了显著变化。

(2) 外貌特征　比利时白蓝牛有三种毛色类型：蓝色、白色和少数黑色。成年体重，公牛1250千克，母牛750千克。躯体结实、发育匀称、肋骨开张、背直、臀部丰满、后腿肌肉突出、尾根明显。

(3) 生产性能　比利时白蓝牛早熟，可以用于生产育肥小公牛。肌肉发育非凡，屠宰率高达68%～70%，一级切块百分率高。胴体组成：肌肉70%、脂肪13.5%、骨16.5%。肌肉很嫩，符合于竞争激烈的欧洲牛肉市场的要求。牛群中有部分“双肌”牛。性情温顺，易于管理。

(4) 杂交效果　由于肌肉极为发达，形状特殊，使得比利时白蓝牛成为一些杂交体系中的重要品种。在欧洲国家及其他一些国家逐渐用于与乳牛和黄牛杂交。与乳牛品种杂交，可以改变荷斯坦牛产肉性能差的问题，又能保证产奶，实现乳肉生产相结合的模式。河南省和山西省于1996年以后从加拿大等国家引入了比利时白蓝牛，用于纯种繁殖扩群和杂交改良。

6. 夏南牛

夏南牛是由河南省培育成的我国第一个肉牛新品种。夏南牛是以夏洛来牛为父本，以本地南阳牛为母本，通过杂交创新后，在回交群中选择优秀个体进行横交固定而形成的含夏洛来血统37.5%的新种群。培育过程中采用母牛由农户分散饲养、繁殖，回交和横交公牛从农户中选择集中饲养的开放式育种法。

夏南牛毛色纯正，以浅黄、米黄色居多。公牛头方正，额平直，母牛头清秀，额平稍长；公牛角呈锥状，水平向两侧延伸，母牛角细圆，致密光滑，向前倾。耳中等大小，鼻镜为肉色，颈粗壮，平直。成年牛结构匀称，体躯呈长方形，胸深而宽、肋圆、背腰平直、肌肉丰满、尻部宽长、大腿肌肉发达、四肢粗壮、蹄质坚实、尾细长。母牛乳房发育良好。成年公牛体高142.5厘米±8.5厘米、体重850千克，成年母牛体高135.5厘米±9.2厘米、体重600千克。

夏南牛体质健壮、性情温顺，行动较慢，适应性好，耐粗饲，采食速度快，易肥育；抗逆力强，耐寒冷、耐热性能稍差；遗传性能稳定。

夏南牛繁殖性能良好，母牛初情期432天左右，发情周期20天左右，初配时间平均490天左右，怀孕期285天左右，难产率1.07%。犊牛初生重，公牛为38.52千克±6.12千克，母牛为37.90千克±6.4千克。

夏南牛生长发育快。在农户饲养条件下，公、母犊牛6月龄体重分别为197.35千克±14.23千克和196.50千克±12.68千克，平均日增重分别为0.88千克和0.88千克；周岁公、母牛体重分别为299.01千克±14.31千克和292.40千克±26.46千克，平均日增重分别为0.56千克和0.53千克。体重350千克左右的架子公牛强度育肥90天，平均日增重达1.85千克。据屠宰试验，17～19月龄的未肥育公牛，屠宰率60.13%、净肉率48.84%、眼肌面积117.7平方厘米、肌肉剪切力值2.61、肉骨比4.81∶1、优质肉切块率38.37%和高档牛肉率14.35%。

泌阳县是河南省比较典型的农区，利用秸秆养牛是农民的重要经济收入来源之一。夏南牛耐粗饲、适应性强，生长发育快，饲养它有较好的效益，受到广大农户的青睐。夏南牛的广泛适应性决定了其既可以舍饲，也可以放牧，在黄淮流域及以北的农区、半农半牧区、牧区都能饲养。优良的性状和低饲养成本，预示着其良好的推广应用前景。

7. 延黄牛

延黄牛是吉林延边培育的一个肉用牛新品种。延黄牛是以利木赞牛为父本，延边黄牛为母体，从1979年开始，经过杂交、正反回交和横交固定三个阶段，形成的含75%延边黄牛、25%利木赞牛血统的稳定群体。

延黄牛体质结实，整体结构匀称，体躯较长，背腰平直，胸部宽深，后躯宽长而平，四肢端正，肌肉丰满。全身被毛为黄色或浅红色，长而密，皮厚而有弹力。公牛头短，额宽而平，角粗壮，多向后方伸展，成一字形或倒八字角。母牛头部清秀适中，角细而长，多为龙门角，母牛乳房发育良好。

延黄牛有耐寒、耐粗饲、抗病力强的特性，是我国宝贵的耐寒黄牛品种，具有性情温顺、适应性强、生长速度快等特点，遗传性稳定。

成年公、母牛体重分别为1056.6千克和625.5千克；体高分别为156.2厘米和136.3厘米。

母牛的初情期为8～9月龄，性成熟期母牛平均为13月龄，公牛平均为14月龄。犊牛初生重，公牛为30.9千克，母牛为28.9千克。

延黄牛舍饲短期育肥为30月龄公牛，宰前活重578.1千克，胴体重345.7千克，屠宰率为59.8%，净肉率为49.3%，日增重为1.22千克，眼肌面积98.6平方厘米。肉质细嫩多汁、鲜美适口，营养丰富，肌肉脂肪中油酸含量为42.5%。

延黄牛分布在延边朝鲜族自治州的龙井市、珲春市、和龙市、图们市、安图县、汪清市和延吉市等图们江的边境县市，饲养户已达到5200多个场（户），存栏量达到98800多头。

二、兼用品种

1. 西门塔尔牛

西门塔尔牛属于乳肉兼用大型品种。但有些国家已向大型肉用方向发展，逐渐形成了肉乳兼用品系，如加拿大的西门塔尔牛就属于肉乳兼用型，又称加系西门塔尔牛。

（1）原产地　西门塔尔牛原产于瑞士西部的阿尔卑斯山区的河谷地带，主要产地是西门塔尔平原和萨能平原。该地区牧草繁茂，适于放牧。在法国、德国、奥地利等国边邻地区也有分布。

（2）体型外貌　毛色多为黄白花或淡红白花，一般为白头，身躯常有白色胸带和肷带，腹部、四肢下部、尾帚为白色。体格粗壮结实，前躯较后躯发育好，胸深、腰宽、体长、尻部长宽平直，体躯呈圆筒状，肌肉丰满，四肢结实，乳房发育中等。肉乳兼用型西门塔尔牛多数无白色的胸带和肷带，颈部被毛密集且多卷曲，胸部宽深，后躯肌肉发达。

成年公牛体重 1100～1300 千克，母牛 670～800 千克。成年公、母牛的体高、体长、胸围和管围分别为 147.3 厘米、179.7 厘米、225.0 厘米、24.4 厘米和 133.6 厘米、156.6 厘米、187.2 厘米和 19.5 厘米。

（3）生产性能　西门塔尔牛肌肉发达，产肉性能良好。12 月龄体重可以达到 454 千克。据 36 头公犊的试验，平均日增重为 1596 克。公牛经育肥后，屠宰率可以达到 65％；在半育肥状态下，一般母牛的屠宰率为 53％～55％。胴体瘦肉多、脂肪少，且分布均匀。

泌乳期产奶量 3500～4500 千克，乳脂率 3.64％～4.13％，我国饲养的西门塔尔牛其核心群的产奶量已突破 4500 千克；肉乳兼用型西门塔尔牛产奶量稍低，如黑龙江省宝清县饲养的加系肉乳兼用型西门塔尔牛，在饲养水平较差条件下第一、二胎次泌乳期长度分别为 240 天和 265 天，平均产奶量分别为 1486 千克和 1750 千克。由于西门塔尔牛原来常年放牧饲养，因此具有耐粗饲、适应性强的特点。

西门塔尔牛的产奶性能比肉用品种高得多，而且产肉性能也不亚于专门化的肉牛品种。

（4）杂交改良我国黄牛的效果　西门塔尔牛改良各地的黄牛，都取得了比较理想的结果。杂种牛外貌特征趋向于父本，额部有白斑或白星、胸深加大、后躯发达、肌肉丰满、四肢粗壮。

在产奶性能方面，从全国商品牛基地县的统计资料来看，207 天的泌乳期产奶量，西杂一代牛为 1818 千克、西杂二代牛 2121.5 千克、西杂三代牛 2230.5 千克。

在产肉性能方面，各地的育肥结果汇集于表 4-1。

表 4-1　西门塔尔改良牛的育肥结果

地点	开始月龄	代数	天数	头数	日增重/千克	屠宰率/%	净肉率/%
通辽	17	一	40	11	0.864	53.47	41.4
通辽	17	二	40	9	1.134	53.55	41.7
井陉	15	一	56	4	0.995	—	40.2
赞皇	15	一	90	6	1.002	55.3	43.7
赞皇	15	二	90	6	1.230	57.7	45.5
承德	16	—	80	6	1.145	51.24	43.9
承德	16	二	80	6	1.247	—	—
江西	18	—	80	6	0.879	—	—

据陈幼春报道，经强度育肥的 20 月龄西门塔尔杂交牛屠宰率达 60%～62%，净肉率达 50%。

在相同条件下，西杂一代牛与其他肉用品种（夏洛来、利木赞、海福特）的杂种一代牛相比，肉质稍差，表现为颜色较淡、结构粗糙、脂肪分布不够均匀。

用西门塔尔改良黄牛而形成的下一代杂种母牛有很好的哺乳能力，能哺育出生长快的杂交犊牛，是下一轮杂交的良好母系。在国外这一品种牛既作为“终端”杂交的父系品种，又可作为配套系母系的一个多功能品种。

西门塔尔牛目前的供种地区有新疆、内蒙古、四川、黑龙江、吉林、辽宁、河南等地。

2. 丹麦红牛

（1）原产地　丹麦红牛原产于丹麦，为乳肉兼用品种。由丹麦默恩岛、西兰岛和洛兰岛上所产的北斯勒准西牛，经过长期选育而成。在选育过程牛，曾用与该牛生产性能、毛色、繁育环境等相似的安格勒和乳用短角牛进行导入杂交。目前该牛在世界许多国家都有分布，1984 年我国首次引入。

（2）外貌特征　体格大，体躯深、长，胸宽，垂皮大。背长、腰宽，尻宽而长，腹部容积大。常见有背部稍凹，后躯隆起的个体。全身肌肉发育中等。乳房大，发育匀称。皮肤薄、有弹性。

毛色为红色或深红色。还能见到腹部和乳房部有白斑的个体。鼻镜为瓦灰色。

（3）生产性能　12月龄体重，公牛为450千克，母牛为250千克。成年体重，公牛为1000～1300千克，母牛为650千克。成年公、母牛体高分别为148厘米和132厘米。

产肉性能较好。在用精料育肥条件下，12～16月龄的小公牛，平均日增重为1010克，屠宰率为57%，胴体中肌肉占72%；22～26月龄的去势小公牛，平均日增重为640克，屠宰率为56%，胴体中肌肉占65%。

产奶性能，1970年15万头有产奶记录的母牛，泌乳期365天的产奶量为4877千克，乳脂率4.15%；1980年产奶量为5346千克，乳脂率为4.18%。1989～1990年平均产奶量达6712千克，乳脂率4.31%，乳蛋白质率3.49%。在我国饲养条件下，305天产奶量5400千克，乳脂率4.21%。

丹麦红牛性成熟早，生长速度快，肉品质好。体质结实，抗结核病能力强。

（4）杂交改良效果　陕西省富平县用丹麦红牛改良秦川牛，丹秦杂种一代牛毛色酷似秦川牛，多为紫红色或深红色，鼻镜及眼圈多为黑色，蹄壳也呈黑红色。与秦川牛相比，丹秦杂种牛背腰宽广，后躯宽平，乳房大。

丹秦杂交一代母牛在农户饲养的条件下，第一泌乳期为225.2天，产奶量1749.8千克，乳脂率5.01%，相当于标准乳2015千克。

育肥性能。据咸阳市秦都区的试验，10头9月龄的丹秦一代公牛和5头同龄的秦川公牛，经180天育肥（杂种牛日喂精料2.22千克，秦川牛1.87千克），活重分别为330.2千克和283.5千克，平均日增重分别为940克和720克，屠宰率均为52.8%，净肉率分别为45.1%和44.6%。

3. 皮埃蒙特牛

（1）原产地及育成历史　皮埃蒙特牛原产于意大利北部的皮埃蒙特地区。其育种历史可以追溯到几千年以前，该品种原来为役用牛，后来向肉乳兼用方向选育。1958年建立良种登记簿。

（2）外貌特征　毛色为浅灰色或白色，鼻镜、眼圈、阴部、尾帚及蹄等部位为黑色，颈部颜色较重。公牛皮肤为灰色或浅红色，头、颈、肩、四肢，有时身体侧面和后腿侧面集中较多的黑色素。母牛皮肤为白色或浅红色，有时也表现为暗灰色或暗红色。犊牛刚出生时为白色或浅褐色。体格中等，躯体长，胸部宽阔，胸、腰、尻部和大腿肌肉发达。成年活重，公牛 850 千克，母牛 570 千克。成年体高，公牛 145 厘米，母牛 136 厘米。

（3）生产性能　皮埃蒙特牛生长快。据对 152 头幼龄公牛的测定，平均日增重为 1500 克。育成公牛 15～18 月龄屠宰适期的体重为 550～600 千克。皮埃蒙特牛屠宰率为 67％～70％，净肉率为 60％，瘦肉率为 82.4％，胴体中骨骼比例少，肉骨比（16～18）∶1，脂肪含量低，优于其他肉用品种，属高瘦肉率牛。肉质优良，嫩度好，眼肌面积大，用于生产高档牛排的价值很高。

皮埃蒙特牛为肉乳兼用品种。平均泌乳期产奶量为 3500 千克，乳脂率为 4.17％。有利于哺乳期犊牛的生长发育。

皮埃蒙特牛能够适应多种环境，可在海拔 1500～2000 米的山地牧场放牧，也可以在夏季较炎热的地区舍饲喂养，性情温顺。皮极坚实而柔软，具有双肌基因，是目前肉牛终端杂交的理想父本。

（4）杂交改良效果　皮埃蒙特牛与南阳牛杂交后，杂交一代公犊初生重为 35 千克，母犊初生重为 33.3 千克。

皮埃蒙特牛与南阳牛母牛杂交后，杂种一代牛经 244 天育肥后体重可以达到 479 千克，日增重 960 克，屠宰率为 61.8％，眼肌面积 114.1 平方厘米。皮埃蒙特牛改良本地黄牛，有利于提高高档肉部位的重量，据对 6 头皮埃蒙特杂交鲁西 F_1 和 6 头鲁西牛的屠宰测定结果，眼肌面积分别为 96.08 平方厘米和 78.42 平方厘米，米龙分别为 17.18 千克和 14.40 千克，黄瓜条分别为 16.08 千克和 12.55 千克，外脊分别为 14.20 千克和 10.63 千克，里脊分别为 4.08 千克和 3.25 千克。皮埃蒙特牛已被 23 个国家引进，目前在欧洲和北美多用于杂交父系。

4. 德国黄牛

（1）原产地　德国黄牛原产于德国和奥地利，其中德国数量最多，系瑞士褐牛与当地黄牛杂交育成，是著名的乳肉兼用型品种，但以肉用为主，在美洲和欧洲享有较高声誉，1970 年出版良种册。

(2) 外貌特征　该品种毛色为浅黄色、黄色或淡红色，体格大，体躯长，胸深，背直，四肢短而有力，肌肉强健。母牛乳房大，附着良好。成年公牛体重 1000～1100 千克，体高 135～140 厘米；成年母牛体重 700～800 千克，体高 130～134 厘米。

(3) 生产性能　据 1970 年出版的良种登记册，母牛年产奶量为 4164 千克，比南阳牛高 4 倍多，乳脂率为 4.15%。母牛初产年龄为 28 个月，难产率低。公犊初生重平均 42 千克。增重快，去势小公牛 18 月龄体重达 600～700 千克；屠宰率 62.2%，净肉率 56%，分别高于南阳牛 5.7 和 4.9%。

河南省两次从加拿大引进纯种德国黄牛，适应性表现正常，生长发育良好。利用德国黄牛与南阳牛杂交，产品受到了群众的普遍欢迎。

三、地方黄牛品种

黄牛具有耐粗、抗病、性情温顺及适应性强的生物学特性。无论在－30℃以下的高寒地区或在 36℃以上的炎热地区都能生存，在适当的条件下生长、繁殖情况都较好。

我国黄牛分布很广，各省区都有。依其产地的不同，可分为北方牛、中原牛和南方牛三大类型。北方牛包括蒙古牛、哈萨克牛和延边牛；中原牛包括秦川牛、南阳牛、鲁西牛、晋南牛、冀南牛、郏县红牛等品种；南方牛包括南方各省、区的黄牛品种。

1. 蒙古牛

(1) 原产地　其主要产地以兴安岭东、西两麓为主。从东北、华北至西北各省均有蒙古牛的分布。此外，蒙古、前苏联及亚洲中部的一些国家也有饲养。蒙古牛是我国黄牛中分布最广、数量最多的品种。

内蒙古全区多为一望无际的半荒漠草原地带。气候干燥；雨量少，平均年降水量为 350～400 毫米，且集中于 7～8 月份；温差大，最高气温达 39℃，最低气温－42℃。

在干旱的草原和极其粗放的放牧条件下，形成了蒙古牛耐热、耐寒、耐粗、抗病及体质粗糙的特点，因而素有“铁牛”之称。

（2）外貌特征　蒙古牛体格大小中等，躯体稍长，前躯比后躯发育好。头短、宽而粗重，颈部短而薄，颈垂小，鬐甲低平。胸部狭深，腹部圆大而紧吊，后躯短窄，荐骨高，尻部尖斜。四肢粗短，后腿肌肉不发达。毛色以黄褐色及黑色居多。

蒙古牛的体格可划分为大、中、小三种类型。产于内蒙古锡林郭勒盟、呼伦贝盟以及黑龙江省的属于大型牛；产于内蒙古乌兰察布盟四王旗、河北省张北县的属于中型牛；产于内蒙古昭乌达盟翁特旗的属于小型牛。

（3）生产性能　蒙古牛具有肉、乳、役多种经济用途，但其生产水平都不很高，故属非专门化品种。

① 肉用性能　在良好的放牧条件下，肥育性能尚好。据东乌旗的资料，8 月下旬屠宰的上等膘情的母牛，屠宰率为 51.5%；而 4 月中旬屠宰的母牛，屠宰率仅为 40.2%。

② 产奶性能　母牛一般在 4 月中旬至 5 月中旬开始产犊，至 10 月前后因草枯而自然干乳，挤乳期为 5～6.5 个月左右。产奶量高于中原黄牛品种。

乌珠穆沁牛是蒙古牛中的一个优良类群，主要产于东乌旗和西乌旗，其中以乌拉盖河流域的牛群品质最好。

2. 秦川牛

（1）原产地　秦川牛主要产于秦岭以北渭河流域的陕西关中平原。其中以咸阳、兴平、武功、乾县、礼泉、扶风和渭南七个县市的牛最为著名。在河南省的西部、山西省的南部和甘肃省的庆阳地区也有分布。

（2）外貌特征　秦川牛属国内大型肉役兼用品种，体格高大，前躯发育很好，后躯发育较弱。全身被毛细致有光泽，多为紫红色或红色，约占 89%，黄色者仅占 11%左右。眼圈和鼻镜一般呈肉色，个别牛鼻镜呈黑色。角短，也呈肉色。公牛颈峰隆起，垂皮发达，鬐甲高而厚。母牛头部清秀。

（3）生产性能　周岁体重 242.9 千克，1.5 岁体重 316.5 千克。在中等饲养水平下，1～1.5 岁期间平均日增重为公牛 0.7 千克、母牛 0.55 千克、阉牛 0.59 千克；在中等营养水平下，饲养 325 天，18 月龄时屠宰，屠宰率 58.3%，净肉率 50.5%，胴体重 282.0 千克，眼肌面积 97.0 平方厘米；肉质细致，大理石纹明显，肉味鲜美。秦川母牛的泌乳期一般为 210 天，平均产奶 715.8 千克，乳脂率为 4.7%。

秦川牛挽力大、行走快，役用能力很强。曾被安徽、浙江、湖南等 20 多个省和陕南、陕北引入。改良地方黄牛，效果显著。

（4）育种工作　经过 30 年的系统选育，秦川牛已由纯役用型转变为肉役兼用型，肉牛新品系初步形成。其肉用、役用性能不仅大大高于 20 世纪 50 年代的指标，而且其中一些肉用性能指标（胴体瘦肉率、肉骨比）与国际著名的肉牛品种相比也不逊色。

3. 南阳牛

（1）原产地　产于河南省南阳地区白河和唐河流域的广大平原地区，以南阳市郊、南阳县、唐河县、邓州市、新野、镇平、社旗、方城和泌阳九个县、市为主要产区。南阳地区有伏牛、桐柏两山屏障南北，气候温和，年平均气温为 15.5℃，年降水量为 700～1200 毫米。百河、唐河等流经各县，沿河两岸土地肥沃，丘陵起伏，牧草丰盛。同时当地又盛产杂粮。良好的生态条件，再加上当地农民素有选留种牛的习惯，从而形成了这一优良品种。

（2）外貌特征　南阳牛体格高大、结构紧凑、体质结实、肩部宽厚、腰背平直、肢势正直、蹄形圆大。公牛头部方正雄壮、颈短粗，肩峰隆起 8～9 厘米，前躯发达；母牛头部清秀，一般中躯发育良好。毛色多为黄、米黄、黄红、草白等色，其中黄色者占 68%，皮薄毛细。蹄壳以琥珀、蜡黄色较多。作为今后的肉牛生产用牛，南阳牛的体型还存在一些不足，主要是胸部不够宽深，尻部较斜，体躯长度不足和母牛乳房发育较差。

（3）生产性能　南阳牛产肉性能较好。犊牛初生重为 21～32 千克。南阳黄牛场对育成公牛（10 头）进行育肥，1.5 岁平均体重达到 441.7 千克，日增重 813 克，屠宰率为 55.6%，净肉率

46.6%。强度育肥的壮龄阉牛（5头）的屠宰率为64.5%，净肉率为56.8%。南阳牛肌肉丰满，肉质细嫩、颜色鲜红、大理石纹明显、味道鲜美。南阳牛母牛泌乳期6～8个月，产乳量600～800千克，乳脂率为4.5%～7.5%。南阳牛适应性强，耐粗饲，役用能力强。

（4）育种工作　为了不断地提高南阳牛的生产性能，对南阳牛采取了本品种选育的方法。河南省南阳市良种黄牛繁殖场，从1977年开始根据该场种公牛的体型外貌、生长发育和后裔品质等情况，结合将来的发展方向和种公牛的特点，选择、建立了4号（胸粗系）和28号（体长系）公牛两个系。28号品系公牛体格高大，体高达168厘米，体躯较长，四肢较高，基本上属于役用体型。4号品系公牛体躯宽深，肌肉丰满，后期发育较好，基本上属于肉用体型。通过两个品系的结合，使后代的体格高大、体躯较长、胸宽而深，肌肉丰满、后躯发育良好，形成了典型的肉役兼用黄牛群体。

4. 鲁西牛

（1）原产地　原产于山东省西部，黄河以南、运河以西一带，菏泽、济宁两地区为中心产区。在产地的四周，如鲁南地区、河南省东部、河北省南部、江苏省和安徽省北部也有分布。

（2）外貌特征　体躯高大、结构匀称、细致紧凑、肌肉发达。被毛从浅黄到棕红色都有，而以黄色为最多，约占70%以上。多数牛具有完全的“三粉”特征，即眼圈、嘴圈、腹下四肢内侧毛色较被毛色浅，毛细而软，皮薄而有弹力。公牛头短而宽、角粗、颈短而粗、颈下肉垂大、鬐甲高、前躯较宽深、背腰平直、尻部和腿部肌肉发达。母牛头稍窄而长、角质细密、颈细长、后躯开阔、尻部平直、大腿肌肉丰满。

（3）生产性能　鲁西牛1周岁公、母牛平均体重238千克，2周岁平均体重328千克。鲁西牛育肥性能好，据试验，在以青草为主，掺入少量麦秸，每天补喂2千克混合精料的条件下，对1～1.5岁牛进行育肥，平均日增重610克。一般屠宰率为53%～55%，净肉率为47%左右。据调查统计，18月龄鲁西牛平均屠宰率56.9%，净肉率45.2%。据菏泽地区测定，18月龄的育肥公、母牛（公牛4头、母牛3头）的平均屠宰率为57.2%，净肉率为49.0%，肉骨比6∶1。肉质优良、细嫩皮薄骨细，肌纤维间脂肪分布均匀，呈大理石纹。20世纪30年代前，活牛和扣肉畅销德国、日本、南洋各国和我国香港等地区，被誉为“山东膘牛”。鲁西牛性情温驯，役用能力强。

鲁西牛尚存在体成熟较晚、日增重不高、后躯欠丰满等缺陷。

5. 南方牛

产于长江流域部分地区和云、贵、台等省。南方牛种类繁多，从东到西，体型渐小。平原地区饲料充足，体型较大；山丘地区，地瘠草劣，体型较小。具有耐粗、耐热、行动敏捷、善于爬山、抗焦虫病的特点。

（1）外貌特征　体躯小。公牛肩峰隆起，高达8～10厘米，形似瘤牛。头短小，额宽阔，颈细长，颈垂大，胸部发达。由腰到臀，肌肉发达，臀端椭圆，肌肉丰满。毛色一般为黄色、褐色，深红、浅红及黑色者较少。

（2）生产性能　南方牛因体型大小不同，役用能力差异很大。平均每头可负担耕地1.3～1.7公顷。

肉用性能较好的是浙江省的温岭高峰牛。2岁育成阉牛屠宰率为54.04%，净肉率为46.27%，肉质细嫩。

云南省的邓川黄牛产奶性能较好。泌乳期275天，平均产奶750千克，乳脂率6.9%。其次，贵州黄牛和江西黄牛，泌乳期230～250天，可产奶500千克左右，乳脂率5.4%～7.8%。

四、不同区域的黄牛杂交改良效果评价

目前，我国牛肉生产主要依靠黄牛，改良肉牛的覆盖率仅为18%，来自奶牛的牛肉不到3%。中国黄牛虽然有很多品种，如鲁西牛、秦川牛、南阳牛、晋南牛等，且肉有清香之特色，但作为肉牛生产需要，我国的地方黄牛还存在着一些不足：体型普遍偏小、胸部不够宽深，尻部较斜，体躯长度不足；体成熟较晚、生长速度慢、日增重不高、后躯欠丰满等；母牛乳房发育较差；出肉率低、

肌肉纤维粗。用这样的品种来生产高档牛肉有很大难度。我国高档牛肉的比重不足5%，高档牛肉生产能力低是目前我国肉牛业的突出弱点。

针对黄牛在肉牛生产中的不足之处，各地普遍选用一些肉用品种开展杂交改良，于是形成了很多杂交组合。

1. 我国不同区域的黄牛杂交改良效果评价

陕西省用丹麦红牛改良秦川牛，丹秦杂种牛毛色似秦川牛。与秦川牛相比，丹秦杂种牛背腰宽广、后躯宽平、乳房大。

山东省确定了黄牛杂交改良区域规划并筛选出杂交改良的父本品种。鲁中、鲁西、鲁北、鲁东南地区以引进利木赞牛改良为主，逐渐形成黄色肉牛改良区；滨州地区除渤海黑牛部分县保种外，以黑安格斯牛对渤海黑牛进行杂交改良；胶东地区以肉乳兼用牛西门塔尔改良为主，逐渐形成花色兼用牛改良区。其中用利木赞牛改良本地鲁西牛推广面积较大。用利木赞牛改良本地鲁西牛，利鲁杂种牛体型趋向于父本，呈典型的肉役兼用体型。毛色与鲁西黄牛一致。杂种牛耐粗饲，适应性强。

辽宁省主要应用夏洛来、西门塔尔牛作为当家改良品种，其中以夏洛来牛所进行的级进杂交工作成效显著，形成了含夏洛来血统的横交牛群体。值得关注的是该牛在农户高营养水平条件下，生长发育情况良好，并未显现明显的适应能力差。

西门塔尔牛改良黄牛，范围广泛，黑龙江、吉林、辽宁、内蒙古、新疆、河北、河南、安徽、四川都是主要的改良区域，都取得了比较理想的结果。在产奶性能方面，从全国商品牛基地县的统计资料来看，207天的泌乳期产奶量，西杂一代牛为1818千克、西杂二代牛2121.5千克、西杂三代牛2230.5千克。用西门塔尔改良黄牛而形成的下一代杂种母牛有很好的哺乳能力，能哺育出生长快的杂交犊牛，是下一轮杂交的良好母系。

2. 河南省不同区域的黄牛杂交改良效果评价

河南省主要用西门塔尔牛、夏洛来牛、利木赞牛、德国黄牛、皮埃蒙特等品种分别在不同区域改良当地黄牛。

在豫北平原，夏洛来、西门塔尔与本地黄牛的杂交效果均好，其次是利木赞牛的杂交效果，海福特牛与豫北地区的黄牛杂交效果最差。

在豫东平原，一直是用西门塔尔牛作为级进杂交父本品种，杂交三代牛仍能表现出良好的耐粗饲性和适应性，但产奶性能一般（F_1 牛 1818 千克、F_2 牛 2140 千克、F_3 牛 3136 千克），农户对西杂牛牛奶利用的商品率较低。

在豫西南地区，分别用德国黄牛导入杂交培育南阳牛新品系、皮埃蒙特级进杂交、利木赞牛低代杂交等三种模式。德国黄牛导入杂交，对改良南阳牛体型和产奶量效果明显。皮埃蒙特与南阳牛级进杂交，杂交三代生长发育情况不如低代次。利木赞牛与南阳牛杂交，对提高杂交后代的成年体形尺寸效果不甚明显，因此只用于低代杂交。

在豫南地区，多以夏洛来牛杂交，周口地区的夏洛来杂交牛代次较高；驻马店地区的杂交牛夏洛来血统为 37.5%，新育成了夏南牛。综合评价效果是很理想的。该区域已成为重要的供香港活牛牛源基地。

在豫西地区，用西门塔尔牛和夏洛来牛进行杂交的历史可以追溯到 20 世纪 70 年代，目前多为高代杂交牛或轮回杂交牛，此类牛生长快、个体大、屠宰率高。

3. 不同杂交肉牛的生产性能比较

由不同杂交组合所生产的杂交肉牛，在生产性能方面表现出不同特点，在此就杂交肉牛的主要生产性状资料进行整理，汇集于表 4-2 和表 4-3。

表 4-2　杂交肉牛早期生长体重比较

品种	头数	初生/千克	6 月龄/千克	12 月龄/千克
安西杂	37	32.99	199.42	309.2
海西杂	48	33.50	196.38	303.1
利西杂	45	37.44	195.78	297.0
皮西杂	36	36.95	190.84	284.4
夏西杂	41	36.71	190.13	298.6
西杂	39	32.55	173.81	273.6

表 4-3　杂交肉牛屠宰测定结果比较

品种	月龄	宰前重/千克	胴体重/千克	屠宰率/%	净肉重/千克	净肉率/%	骨重/千克	肉骨比	活牛等级	大理石花纹等级
短本	17	495	257	52.1	214	43.3	43.5	4.93	特	优二
西本	20	495	292	59.1	242	49.0	49.7	4.89	优一	优一
安本	25	380	241	63.3	201	52.8	39.8	5.05	优一	特
西本	18	530	286	54.0	227	42.9	59.0	3.88	特	优一
西短本	25	455	286	62.8	233	51.2	52.7	4.42	优一	优二
西荷本	16	595	327	54.9	270	45.3	57.0	4.73	特	特
海本	30	445	216	49.5	167	37.5	49.0	3.14	优一	优一
短西本	28	545	283	52.0	232	42.6	51.5	4.5	特	优一

第二节　肉牛的饲养方式

改革开放以后，我国牛的存栏量、牛肉产量和人均占有量迅速增长。2001 年全国牛肉产量 549 万吨，人均占有量 4.3 千克，分别比 1980 年增长 19.4 倍和 18 倍。与此同时，牛肉在肉类中的比重不断提高。牛肉占肉类总产量的比重从 1980 年的 2.2%提高到 2001 年的 8.7%。我国牛肉产量居世界第三位。牛肉占世界总产量的比重从 1980 年的 0.5%提高到 2001 年的 9%。

在我国牧区，由于草场资源分布的不均衡性，决定了牧区肉牛生产的不均衡性，呈现出明显的区域分布特点。例如，内蒙古自治区有丰富的饲草及饲料来源，全区以呼伦贝尔盟和锡林郭勒盟天然草地饲草总贮量最高，分别占全区总贮量的 29.7%和 25.27%；其次是通辽市和赤峰市，天然草地饲草总贮量分别占全区 10.57%和 8.12%。以上四盟市之和达 73.96%。可见，呼伦贝尔、锡林郭勒和科尔沁（通辽市和赤峰市）三大草原畜牧业发展水平决定着全区肉牛产业的发展水平。

作为我国的整个肉牛业，主要生产区域已逐渐从牧区转向农区。自 20 世纪 80 年代以后，我国牛肉生产中心逐步由传统牧区转向广大农区。到 2001 年，内蒙古、甘肃、新疆、青海、西藏五大牧区牛肉产量占全国的比重从 1980 年的 44%下降到 13%。同期河南、山东、河北、安徽四省牛肉产量由占全国的9.7%上升到47.3%，东北三省牛肉产量比重由11%上升到15.7%。

随着我国肉牛业的快速发展和优势生产区域的变化，肉牛饲养方式也在发生着变化。

一、肉牛的基本饲养方式及饲养水平要求

（一）肉牛的基本饲养方式

依据设施和饲草饲料条件及饲养管理特点，可以将肉牛的基本饲养方式分为三种类型。

（1）放牧饲养　适用于牧区，断奶后肉牛就地放牧，根据草场情况适当进行精料或干草的补饲。可在放牧地的高燥处设置简易牛棚、饮水槽和饲槽。

（2）半舍饲饲养　适用于半农半牧区，在充分利用牧草资源的条件下，归牧后哺饲干草、青贮饲料和精饲料等。

（3）舍饲饲养　适用于专业化的肉牛养殖场（户）。肉牛舍饲育肥一般采用拴系法的饲喂方式，通常称为槽牛或站牛。舍饲饲养可以对牛进行充分的管理，方便单独照顾，实行限料饲喂以提高饲料报酬，育肥统一，出栏整齐，能保证育肥牛全进全出，缩短育肥时间和增加育肥群数。但肉牛对饲料中能量和蛋白质的转化率要低于奶牛和乳肉兼用牛，因此，在舍饲饲养条件下，肉牛在饲养利用期以精料为主的日粮进行育肥是不经济的。

在我国的肉牛生产中，饲养方式逐步由放牧转变为舍饲和半舍饲。以往我国牧区主要采用草原放牧饲养牛，沿袭了几千年的自然放养方式，几乎不用精饲料进行育肥。这种饲养方式的优点是生产成本低廉，缺点是对我国原本生态环境较差的草地资源造成很大压力，并且成年牛出栏率很低。以养一头奶牛为例，北京养一头奶牛，一年产8000千克奶，50～60亩[1]草地就够了，而在牧区，产8000千克奶，而要80头牛，需要4800亩草地，这对草地生态破坏极为严

[1] 1亩=666.67平方米。

重。饲养肉牛也是一样，过去那种原始的饲养方式必须改变。

从20世纪80年代后期至90年代初开始，随着草原生态保护和建设的加强，以及农区畜牧业的发展，逐渐实施了“北繁南肥”的生产模式或“易地育肥”的模式。在半农半牧区，肉牛饲养方式也开始向舍饲半舍饲转变。出栏的肉牛主要由千家万户分散饲养方式进行育肥，或形成“架子牛”进行后期育肥的饲养方式。

近年来，农区普遍采用秸秆、人工牧草和精饲料作为牛的主要饲料。其优点是充分利用了农区丰富的秸秆资源和闲置的劳动力，并缓解了肉牛对草地资源和生态环境的压力。在一些农区特别是中原肉牛带和东北肉牛带，肉牛的饲养规模逐步扩大。不仅小农户的饲养数量增加，而且还出现了一批肉牛饲养规模在百头以上的养殖大户和养殖小区，大户和养殖小区的数量还在逐步增加。

（二）肉牛的饲养水平

肉牛对饲料营养成分的利用首先是用于维持其本身的生命活动，多余的养分才被用于肌肉的生长和脂肪的沉积，因此饲料的营养水平是影响肉牛产肉性能的重要因素。同时养分供给也会直接影响其生长速度和体内蛋白质及脂肪的比例，进而影响胴体品质。在一定范围之内，营养水平越高，动物的生长速度越快，肌肉内脂肪含量越高，肉质就越好。Keane等（1998）通过用不同肥育速度对牛肉口感指标的影响进行研究表明，采用强度饲喂、普通饲喂和放牧三种饲喂方式试验：试验用牛分别在19月龄、24月龄和29月龄时达到规定屠宰体重，强度饲喂方式有较高的产肉率（$P<0.01$）、较好的胴体构造（$P<0.01$），肉的汁味和嫩度也有差异（$P<0.05$），其中放牧饲养牛的肌肉颜色较差（$P<0.01$）。赵改名等（2000）认为无论环境温度如何，放牧牛肉总比舍饲牛肉嫩度小，这充分说明肥育速度越快，肉的嫩度越大。

日粮蛋白质体增重效率（PER）是动物的单位体增重所需食入蛋白或氮量，PER越小，说明日粮蛋白质转化为体增重的效率越高。肉牛日增重与粗蛋白质日摄入量呈正相关，粗蛋白日摄入量的多少直接影响肉牛增重的快慢，因此在进行肉牛饲料配制和饲养过程中要给予肉牛生长所需的充足蛋白质。肉牛的日增重与生长净能日摄入量呈明显线性相关，回归方程拟合较好，拟合度均在0.80以上。这表明在肉牛饲料配制和饲养过程中，除满足肉牛生长所需的营养需要外，还要充分考虑到生长净能含量。

综上所述，饲喂高营养水平日粮在一定条件下能够促进肉牛的生长，增加牛肉的嫩度。但是对于不同地区而言，应该采取不同的肉牛饲养策略。例如，对于内蒙古北部草原地区，给肉牛提供高营养日粮，可能只是增加了饲养成本，却获得不了相应的经济效益。杨志强（2005）在内蒙古的中东部地区进行科尔沁牛的短期育肥试验，结果表明给予试验肉牛高、中、低三个营养组，平均日增重可达到1.5千克/天、1.6千克/天、1.5千克/天，料肉比高、中、低三组分别为3.2、2.9、3.0；从屠宰试验的总体结果看，高、中、低三个试验组的胴体重分别为200.2千克、195.7千克、190.3千克，胴体率分别为57%、56%、55.6%，净肉重分别为159.5千克、154.7千克、151.7千克，净肉率分别为79.6%、79.0%、79.7%，排酸损失分别为2.7千克/头、3.3千克/头、3.2千克/头。在该试验中虽然高营养日粮组在肉质方面显示出了一定的优势，但是经过综合考虑，中营养水平日粮比较适合内蒙古条件下科尔沁牛的舍饲育肥要求。

我国肉牛生产不仅精饲料数量缺乏，优质青粗饲料资源也严重不足。目前我国肉牛生产的粗饲料主要来源于农作物秸秆，小规模饲养户很少加工，规模较大的育肥户也只作简单加工，营养价值低，适口性差。青绿饲料缺乏，对肉牛的生产效率和肉品质的提高有严重影响。所以应根据肉牛的消化生理特性和不同地区的农业生产情况，配合种植业结构的调整，广开优质粗饲料和青绿饲料来源。目前在一些粮食主产区，开始推广青贮玉米。因此合理利用当地的各种资源，科学配置饲料配方，因地制宜发展肉牛养殖业是目前肉牛产业的发展方向。

二、肉牛的育肥饲养方式

在广大农区，肉牛出售或屠宰之前，一般都有一个适当的育肥过程。利用各种草料，施以相应的管理技术，在高营养水平或较高营养水平条件下，促使牛尽快增重，从而提高牛肉的产量，改进牛肉的品质，增加经济效益。

（一）高精料育肥岁龄牛

表 4-4 中所列为早期断奶犊牛的高精料育肥的理想方案，日增重 1.3～1.4 千克/天。方案中用奶粉 13 千克、犊牛料 155 千克、生长育肥蛋白质补充料 225 千克、谷物 1500 千克。该方案是精料用量高，粗料用量很少（约为日粮干物质的 10%）。如果改为随母哺乳，再利用一些粗料，就可节省不少精料。

表 4-4 高精料育肥的增重及饲料用量

阶 段	日增重/（千克/天）		精料/增重/（千克/千克）	
	公牛	阉牛	公牛	阉牛
犊牛哺乳 1.5 月龄	0.45	0.45		
1.5～3 月龄	1.0	0.9	2.7	2.8
3～6 月龄	1.3	1.2	4.0	4.3
6 月龄～屠宰(10～12 月龄)	1.4	1.3	6.1	6.6
平均	1.2	1.1	4.8	5.5

注：引自 Allene Vilkenny，1980。

关于所用牛的类型，现已由阉牛转到公牛，因为公牛增重快，饲料效率高，瘦肉多，最后体重也大，结果生产获利高。此方案对于早熟品种如海福特杂种一代阉牛则不可用，因为它们在较轻的体重就变肥。育成母牛用高精料育肥也会产生同样结果。

1. 精料补喂青草育肥

犊牛如果随母哺乳，每日精料给量最初一月可喂 0.1 千克，到 2 月龄增至 0.4 千克，3 月龄 0.9 千克，4～5 月龄 1.1～1.2 千克，6 月龄 2 千克，共用精料 170 千克。母牛给乳量约为 1500～1800 千克，如折算为精料约为 500～600 千克。日增重：1 月龄 0.4 千克、2 月龄 0.7 千克、3 月龄 1.0 千克、4～6 月龄 1.2 千克。

6 月龄体重：杂种牛达 145 千克、纯种牛达 174 千克。开始育肥的前 3 个月平均日喂精料 4 千克，青草随意吃，日增重 1.2 千克。后 3 个月平均日喂精料 4.3 千克，最后 1 个月增至 5.0 千克，青草随意采食，日增重1.2～1.3千克。屠宰重在360～400千克。

2. 精料补加干粗料育肥

在无青草的情况下，主要依靠精料，另加少量干粗料如氨化秸秆、干草、粟秆、玉米秸秆，日喂精料量在1～3千克。从7月龄开始前3个月每日喂精料5～6千克，日增重1.2千克；后3个月每日喂精料6～7千克，最后1个月多喂，日增重1.2千克。屠宰重也可达340～400千克。

（二）日本肉牛育肥方法

日本肉牛育肥追求高膘度和高屠宰率，以日本黑牛生产出的雪花牛肉而著称于世。饲养期分两个阶段，从犊牛出生到8月龄为培育阶段，8月龄至32月龄为育肥阶段。

1. 幼牛培育

1～3月龄，在哺乳的同时，自不满1月龄时开始供应干草和稻草。尽可能提供鲜嫩的人工牧草，第2个月开始每头犊牛每天给1千克配合饲料，第3个月时每头每天2千克配合饲料。

4～6月龄，在自由采食干草的同时，每天补饲精料2～3千克，5～6月龄断奶时，精料增加到4.5～5千克。

7～8月龄，保持断奶时的日粮配方。这个阶段对于食量大的牛，可每天加喂1～2千克麸皮。

2. 育肥阶段

采用本场转群牛或购入的牛进行育肥。育肥期都比较长，第8～16月龄为育肥前期；第17～32月龄为育肥后期。肥育阉牛的体重达600～700千克时，能满足市场要求。

（1）育肥前期　要作健康检查，如运输应激反应、感冒、拉稀。要对牛称重、量体尺、打预防针、补喂抗生素等。

育肥前期要喂大量粗饲料，以加大瘤胃的容量；开始时喂给优质的青干草。喂精料要在到场后3天才开始，经1星期逐渐达到正常喂量，以后加配合料要不间断。要注意牛粪的形状，当发现牛粪成软便时要减少精料。

要注意蛋白质饲料的比例，保证优质蛋白质的供给。保证维生素和钙的补充。育肥母牛时，日粮相当于公牛日粮营养水平的90%。

必须装鼻环的牛要在两个月后才能进行。半年后必须调整牛群，有恶癖的牛要去角，一般情况下混群饲养的牛要经过1个多月才能安定。

（2）育肥后期　由两个阶段组成。

① 前半期　17月龄以后，是脂肪沉积入肌纤维，形成大理石状肉的时期，因此为生产高档牛肉需要大量的精料。要注意渐渐加喂配合精料，保持连续性；此期维生素可以不作为主要考虑成分。在养10个月后要注意削一次蹄，其作用是促进后腿部脂肪的沉积，并且减少四肢病，有病牛时要及时挑出。此阶段如果某些牛背部丰满程度不够，依然瘦削时，可以延长肥育时间。

② 后半期　此期间要注意维生素A的供应，防止夜盲症的出现；稻草要喂到一定量，才喂给配合精料；配合精料喂量要充足，以保证达到育肥目标；当天的料不要在槽里留过夜；加强个体观测和管理；对蹄变形的牛要第二次削蹄；出售时要称重。

3. 全期喂养中要考虑的一些因素

日本和牛的个体间差异很大，喂养过程中要注意个体生长的差异。

玉米只能提高生长速度，但不能促进大理石状肉的形成，因此要配合饲喂大麦。但只喂大麦会使脂肪变硬。

盐多时会影响肉色，水多时肉质松软。可以使用氯化铵舔剂。补饲钙盐时要事先混入精料中。

对于自由活动的牛，每圈宜养10头以下，每头占圈约5平方米。要注意使用垫草，让牛睡好，有利于改善肉质。冬春季节牛体表生虱子是时常发生的外寄生虫病。要根除虱子，最好在春季和冬季进行牛舍灭虫，给牛体驱虫。

（三）架子牛短期快速育肥

短期快速育肥是选择个体比较大的架子牛，采取各项育肥技术，在较高的营养水平条件下，使牛迅速增重，在2～3个月内达到出栏体重。这种育肥方法资金周转快，饲料报酬高，经济效益明显。这是华北地区目前应用最普遍的一种育肥方法，也是生产供港活牛最有效的一种方法。

1. 架子牛选购

架子牛的选购要坚持选购就近的原则。挑选 300～400 千克的肉用杂种牛（1.5～2 岁）或地方良种公牛（2.5～3 岁）。

2. 饲养技术

适应期 30 天，让牛熟悉新的环境，适应新的草料条件，要观察牛的健康状况，注意驱虫、健胃等。日粮开始以品质较好的粗料为主，不喂或少喂精料；随着牛体力的恢复，逐渐增加精料，精粗料的比例为 3∶7，日粮蛋白质水平 12%。如果购买的架子牛膘情较差，此时可以出现补偿生长，日增重可以达到 800～1000 克。

过渡期 20～30 天，日粮中精料比例由 30%增加到 60%，粗料由 70%降到 40%，蛋白质水平 11%，这一时期的任务主要是让牛逐步适应精料型日粮，防止发生臌胀病、拉稀和酸中毒等疾病，防止精料和粗料比例相近的情况出现，以避免淀粉和纤维素消化之间的相互作用而降低消化率。这一时期日增重可达 1000 克以上。

强度催肥期 30～40 天，日粮中精料比例进一步增加到 70%～85%（按照干物质计），粗料由 40%降到 15%～30%，蛋白质水平 10%，日增重要达到 1200～1500 克以上。这一时期的育肥常称为强度育肥。为了让牛能够把大量精料吃掉，这一时期可以增加饲喂次数，原来喂两次可以增加到三次。保证充足饮水。

3. 管理技术

每天清除粪尿，保持牛舍干燥、卫生。下槽之后，冬、春季要把牛拴在背风向阳的运动场，夏、秋季要拴在遮阳棚下，采取短拴。

夏季管理。在环境温度 8～20℃时，牛的增重速度最快。气温过高，肉牛食欲下降，增重缓慢。因此夏季育肥肉牛应注意：适当提高日粮的营养浓度；采用多种料型，喂“粥状料”；延长饲喂时间；气温 30℃以上时，10:00～15:30 使牛入棚休息；气温 34～36℃时，采取降温措施，如地面喷水。

冬季饲养。注意牛舍的防寒保暖，可以封闭北边窗户，使舍温不低于0℃。喂给含能量较高的饲料；饲喂加温的饲料，减少体热消耗。

（四）中长期育肥

肉牛中长期育肥不追求过高的日增重，可以适当推迟出栏期限，育肥期为6～12个月。中长期育肥多采用低精料型日粮，饲料转化比一般在3∶1以下。这一技术的关键在于大力推广秸秆氨化、碱化和青贮玉米秸，并引入高产饲料作物及优质牧草，充分利用糟渣、饼粕等地方饲料资源。

1. 日粮类型

日粮类型主要包括以下几方面。

（1）青贮玉米秸秆为主的日粮　以青贮玉米秸秆为主，加少量青干草和精料进行肉牛育肥。如对体重300～350千克的肉用杂种牛每天喂青贮玉米秸秆25千克、沙打旺或串叶松香草干粉3千克、棉饼1.5千克、食盐50克，日增重可达1.2千克以上。

应用青贮玉米秸秆饲喂，开始要有一个适应过程，习惯以后才能大量饲喂。要注意青贮玉米秸秆的质量，发霉变质的则不能喂牛。由于青贮玉米秸秆的蛋白质含量较低，所以必须与蛋白质含量高的饲料搭配。青贮玉米属于能量较高粗饲料，以青贮玉米为主的日粮类型是很有推广价值的。

（2）青干草为主的日粮　以青干草为主的日粮适宜秋季进行育肥。如，对体重200～500千克的肉用杂种牛，日喂青干草（黑麦草或野干草）5千克、苜蓿干草2千克、混合精料1千克，日增重可达1千克以上。

（3）糟渣类为主的日粮　利用粮食加工业的副产品，如酒糟、玉米淀粉渣等作为粗饲料饲养肉牛，增重快，经济效益较好。如对体重250千克左右的肉用杂种牛日喂鲜酒糟15～20千克、谷草3.5千克、玉米粉1.0～1.5千克、尿素50克、食盐50克，日增重可以达0.9～1.3千克。

（4）氨化秸秆加棉饼日粮　华北广大地区，麦秸与棉饼资源十分丰富，是进行肉牛育肥的良好饲料。如对 300 千克重的肉用杂种牛，日喂氨化麦秸 4 千克、玉米秸粉 2 千克、棉饼 2.5 千克、玉米粉 1 千克、食盐 50 克，日增重可达 1.3～1.5 千克。

以上所列配方均来自生产实际，这些配方仍然存在进一步完善的地方，特别是饲料添加物的使用，如食盐、钙、磷、微量元素、维生素等，都需要与专业生产厂商联系，结合现有的草料情况进行调整。

2. 围栏管理

中长期育肥宜采用围栏方式管理肉牛。牛舍比较简单或无牛舍，仅有围栏和遮雨棚，围栏内设有食槽、水槽，肥育牛在围栏内不拴系、散放饲养、自由采食、自由饮水、自由活动。密度较高，每头牛占地面积 4～5 平方米，投喂混合日粮，食槽内昼夜常有草料，水槽内常有清洁饮水。据报道，此种育肥方法，不仅操作简便，提高了管理定额，目前国内栓系育肥，一人管理 20～30 头，围栏育肥一人可以管理 200～300 头，适宜机械作业和规模经营。而且适应牛的习性，减少应激刺激，从而提高采食量、饮水量，提高日增重和胴体品质，在肉牛业发达的美国和澳大利亚，大部分采用围栏育肥，而且规模巨大。

围栏育肥对日粮的要求要稍高一些，精饲料经过粉碎，加入饲料添加剂，喂前与粗饲料、青贮料混合。对牛的素质要求也要高一些，最好是经过改良的肉用牛，性情温顺，育肥性能好。一个围栏内牛的年龄、体重要基本一致或接近，有条件最好经过去角处理。要经常观察牛的采食、反刍及粪便情况，要搞好围栏、食槽、水槽的卫生消毒工作。

（五）易地育肥

易地育肥是一种高效专业化的肉牛生产制度。是在自然和经济条件不同的地区分别进行犊牛的生产、培育和架子牛的专业化育肥。这种肉牛育肥制度起源于20世纪30年代前后的美国，利用西部牧区饲养母牛，生产犊牛和架子牛，然后运到中部玉米带育肥。这样做提高了牛肉的产量，取得了明显的经济效益。发展到今天，这种育肥制度不仅仅局限于一个国家范围内，发展到跨国搞易地育肥，例如美国每年从墨西哥、加拿大进口架子牛数百万头，日本近几年由国外进口架子牛的数量也成倍增加。

在我国的牧区和很多山区，一般气候较冷，养牛较多，草场过牧严重。采用易地育肥则可以利用这些地区牛在秋季较肥的优势，在进入枯草季节牛掉膘前，将其转移农区，此时正值农区粮食、秸秆收获季节，采用秸秆加精料进行强度育肥，然后出售屠宰。易地育肥从地理位置和温差上降低了牛的消耗，缓解了牧区草原过牧的矛盾，发挥了农区气候温暖、草料丰富、管理精细的优势。易地育肥充分地利用了地区差价和季节差价的经济学原理，因此可以取得明显的经济效益。例如，河北省无极县近几年开展肉牛易地育肥，1989 年全县存栏牛 2 万头，出栏牛 3.4 万头，出栏率达 170%，牛肉产量达 4256 吨。

从技术上讲，易地育肥是放牧饲养和短期快速育肥（或其他育肥技术）的组合，其技术要点也在于这两类地区、两种生产体系的结合。

1. 牛的运输

火车运输，适宜远距离运输，运费便宜。但需要时间长，体重损失大。要注意装卸动作不得粗暴，有计划地携带饲料、水桶和贮水桶，途中要注意补草、饮水。火车到站停车要抓紧时间上水。

汽车运输，适宜中短距离运输。时间短，体重损失较小，但运费较高。要注意装卸动作不得粗暴，车行速度不得过快，防止急刹猛拐。如果生产规模较大，可以定做或改装专用的肉牛运输车。

2. 阶段饲养法

根据肉牛生长发育特点及营养需要，架子牛从牧区送到育肥场后，把 120～150 天的饲养期分为过渡期和催肥期两个阶段。

（1）过渡期（观察、适应期） 一般为 10～20 天。待育肥的牛因长时间、长距离运输，草料、气候、环境的变化引起牛体一系列生理反应，通过科学的管理，使其适应新的饲养管理环境，这对催肥期的增重至关重要。要给牛提供干净舒适的环境，加强观察，细心管理，前 1～2 天不喂草料只饮水，适当加盐以调理胃肠，增进食欲。以后第一周只喂优质粗料，不喂精料。第二周开始逐渐加料，每天喂 2 千克玉米粉，不加饼（粕），过渡期结束后便可由粗料型转为精料型。

（2）催肥期　采用高精料日粮进行强度育肥。没有优质育肥日粮就育不出良好的肉牛，没有密集的饲料供食就不能实现快速育肥。肉牛日粮中粗饲料多为酒糟和秸秆，按 2∶1 混用；精饲料是玉米粉、棉籽饼和矿物质添加剂等，按 5∶3∶2 配合，饲喂时精、粗饲料拌匀同喂。

催肥期的 1～20 天，日粮中精料比例要达到 45%～55%，粗蛋白质水平保持在 12%；21～50 天日粮中精料比例提高到 65%～70%，粗蛋白质水平为 11%；51～90 天日粮中能量浓度应进一步提高，精饲料比例达到 80%～85%，蛋白质水平为 10%。

此外，精饲料给量为每日每 100 千克体重 1～1.5 千克。在日粮中添加 0.5%的碳酸氢钠。每日每头喂 2 万国际单位维生素 A 及 50 克食盐。粗饲料（如作物秸秆）应粉碎。粉碎后的粗料可按每 100 千克干秸秆粉加 1 千克食盐和 40 千克水的比例，进行混合盐水发酵。也可用 2 份粗料、1 份酒糟进行堆贮后喂牛。催肥期阶段饲料配方如表 4-5。

表 4-5　易地育肥肉牛催肥阶段饲料配方　　%

饲　料	1～20 天	21～50 天	51～90 天
玉米	25	44	59.5
麦麸	4.5	8.5	7
棉籽饼	10	9	3.5
骨粉	0.3	0.3	
贝壳粉	0.2	0.2	
酒糟	49	28	21
玉米秸粉	11	10	9

（六）生产高档牛肉的肉牛育肥

目前在日本、美国、韩国、新加坡等国际市场上销售的大部分是高档牛肉，价格较普通牛肉高 1 倍甚至几倍。国内一些饭店的西餐中所用牛肉多是进口的高档牛肉。为了使高档牛肉国产化，也为了使中国牛肉打入国际市场，近年来一些地区和单位已开始研究和推广高档牛肉生产技术。西北农业大学提出了《高、中档牛肉生产技术规范》，北京农林科学院正在研究高档牛肉生产的配套技术，北京、河南、山西等地已建成一批生产高档牛肉的肉牛育肥场。其技术要点如下。

① 牛源　根据实验研究，我国地方良种黄牛，如秦川牛、南阳牛、鲁西牛和晋南牛均可作为生产高档牛肉的牛源，用这些品种作母本，用引入的欧洲大陆的大型肉牛品种作父本，生产的杂种牛用来生产高档牛肉，牛肉的品质和经济效益更好一些。

② 对育肥牛的年龄要求　良种黄牛 2～2.5 岁开始育肥，肉用杂种牛 1.5 岁开始育肥；公牛 1～1.5 岁开始育肥，阉牛、母牛2～2.5 岁开始育肥。

③ 育肥期体重要求达到 500 千克以上　高档牛肉的品质和产量与牛的体重密切相关，宰前活重达不到 500 千克，牛肉的多汁性、大理石纹理结构和嫩度就达不到高档牛肉的级别或数量有限，失去经济意义。

④ 必须经过 100～150 天的强度育肥　犊牛期间及架子牛阶段可以放牧饲养，也可以围栏或拴系饲养，最后必须经过 100～150 天的强度育肥，精料比例在 75%以上。在育肥期所用饲料也必须是品质较好的，对改进胴体品质有利的饲料，粗饲料如豆科干草、禾本科干草、青贮玉米和氨化麦秸等；精饲料如棉饼、高粱、小麦、大麦等。

⑤ 屠宰后胴体要进行排酸处理　供西餐用的牛肉，屠宰后必须经过嫩化（后熟处理），即把胴体先在预冷车间慢慢冷却，然后吊挂在 0～4℃的冷库中排酸处理 2 周，这样能显著提高牛肉的嫩度。近年又研究应用电刺激胴体的方法来达到改善牛肉嫩度的目的。用高压（700 伏）脉冲电流刺激胴体 1～2 分钟，然后置胴体于 16℃的恒温环境中，经 12 小时后便可剔骨。应用这种方法可以缩短时间，较少占用冷库，总耗电量少。

第三节　自配肉牛全价饲料技术

一、选用适宜的肉牛饲养标准

肉牛的饲养标准即营养需要量，是指根据生产实践中积累的经验，结合物质能量代谢试验和饲养试验，为不同品种、性别、年龄、体重和日增重的肉牛规定出每天每头应给予的能量和各种营养物质的数量。由于肥育用肉牛多为改良型杂交品种，难以收集到完整的相关资料，经过多年对肉牛日粮及精饲料（精料补充料）、浓缩饲料、预混料的研究设计和饲养观察，认为美国国家研究委员会（NRC）新版饲养标准推荐的肉牛营养需要量，基本符合快速肥育肉牛的生产实际。必要时，可作为改良型品种肉牛日粮配方设计的主要参考依据。

二、确定肉牛的日粮模型

各种营养物质的需要量，是通过肉牛采食各种饲料来体现的，包括粗饲料和精饲料。因此在饲养实践中，必须根据肉牛的日粮干物质需要量、日粮中各种饲料的特性、来源、价格及营养物质含量，计算出各种饲料的配合比例，即配制一个平衡全价的日粮。根据肉牛的消化特点和北方饲料资源条件，以农作物秸秆为主、糟渣类饲料为辅，结合补充精饲料的日粮模型，基本符合快速肥育肉牛的生产实际。

粗饲料主要指农作物秸秆，如玉米秸、稻草、麦秸、豆秸和花生秧等，特点是蛋白质含量低（3%～5%）、粗纤维含量高（25%～45%）、消化效率低，却是肉牛的主要饲料，也是能量的重要来源。一般占日粮干物质需要量的50%～70%，尤其是经揉碎、氨化或微贮的秸秆利用效果更好。

糟渣类饲料是指啤酒糟、白酒糟、甜菜渣、淀粉渣等，它们是蛋白质含量高、利于肉牛增重的理想粗饲料，每天每头喂量5～15千克为宜。通常将其作为肉牛日粮的适当补充。以酒糟为粗饲料时，主要应添加小苏打，添加量占精饲料量的1%，其他粗饲料喂牛时，夏季可添加精饲料量的0.3%～0.5%。微量（常量）元素、维生素添加剂一般不能自己配制，需要从正规生产厂家购买。按照说明在规定期内使用。

精饲料包括能量饲料、蛋白质、常量元素饲料、矿物质饲料、微量元素和维生素。精饲料在日粮中是不可缺少的重要组成部分，可以改善日粮的适口性，为肉牛瘤胃内微生物繁殖提供营养、补充粗饲料营养不足、促进生长发育和提高生产水平。精饲料由谷实类饲料、糠麸类饲料、饼粕类饲料、矿物质饲料和各种（类）饲料添加剂几部分组成。用户根据所饲养肉牛的品种、性别、年龄、体重和日增重的要求，采用多种饲料原料按一定比例配制而成。一般占30%～50%，可以较好的补日粮干物质需要量的充基础日粮中不足或缺乏的蛋白质、能量、矿物质和维生素等多种营养成分。

能量饲料主要是玉米、高粱、大麦等，约占精饲料的60%～70%。蛋白质饲料主要包括豆饼（粕）、棉籽饼（粕）、花生饼等，约占精饲料的20%～25%。

产棉区育肥肉牛蛋白质饲料应以棉籽饼（粕）为主，以降低饲料成本。犊牛补料、青年牛育肥可以添加5%～10%豆饼（粕）。小作坊生产的棉籽饼不能喂牛，以防止棉酚中毒。棉籽饼（粕）、豆饼（粕）、花生饼最大日喂量不宜超过3千克。

矿物质饲料包括食盐、小苏打、微量元素、常量元素、维生素添加剂，一般占精饲料量的3%～5%。冬、春、秋季节食盐添加量占精饲料量的0.5%～0.8%，夏季添加量占精饲料量的1%～1.2%。

三、肉牛日粮配合的原则

（1）营养原则　①日粮所含营养物质必须达到牛的营养需要标准，同时还要根据不同个体进行适当的调整。②日粮的营养浓度要适中，除满足营养需要外，还应使肉牛能吃饱而不剩食，又不致因重量容积过大吃不进去。③日粮组成应多样化，使蛋白质、矿物质、维生素等营养成分全面，以提高利用效率，要提高育肥牛的采食量，切忌饲料种类单一，除混合精料外，粗饲料有农作物秸秆、青干草、青贮玉米料，糟渣类有酒糟、啤酒糟、粉渣等，可喂牛的青绿饲料种类更多，我国应用较少的糖蜜更是育肥牛的好饲料，配制日粮时尽可能多采购一些种类，使育肥牛始终保持好的食欲。④性质各异的饲料合理搭配，如轻泻饲料（如青贮玉米料、青草、多汁饲料、大豆、麦麸、亚麻仁饼等）和易致便秘的饲料（禾本科干草、各种农作物秸秆、枯草、高粱籽实、秕糠、棉籽饼等）互相搭配。

（2）健康原则　肉牛是反刍动物，日粮中需要有一定的粗纤维含量，否则会影响消化和饲料利用效率。同时，牛的营养代谢病较多，与饲料种类、用量和用法有很大关系。因此饲喂肉牛，尽可能应以青粗饲料为主，精料只用于补充粗饲料所欠缺的能量和蛋白质。

（3）经济原则　因地制宜选择本地盛产的饲料，特别是青绿饲料和粗饲料，利用本地饲料资源，可保证饲料来源充足，减少饲料运输费用，降低饲料工业的生产成本；及时制作青贮饲料、青干草、氨化秸秆，贮存好糟渣、秧秸等，使廉价饲料能全年平衡供应。尽量采用当地出产的饲料，如当地有玉米、高粱则可取代大麦、碎米；有棉籽饼、菜籽饼、葵花籽饼等均可代替一部分豆饼。其他矿物饲料也要开发当地资源潜力，通常可以降低饲养成本。

（4）卫生原则　所选用饲料中不应含有毒、有害物质。一些抗胰蛋白酶、皂苷等抗营养因子应通过适当的加工来消除。饲料贮存过程中要防霉防腐，不喂肉牛变质的饲料。使用尿素等添加剂时，注意用量和使用方法，防止中毒。除此之外，还有注意选择那些没有受农药和其他有毒、有害物质污染的饲料。

（5）保持适宜的粗、精饲料比例　粗、精饲料比例依牛的年龄阶段和粗料质量优劣而不同。粗、精饲料比例应该灵活掌握，当粗料质量差时，应适当降低粗料的饲喂比例。例如 6～7 月龄的牛，粗料质量好时粗料喂量占 60%左右，质量差时粗料降到 50%左右。

（6）合理使用添加剂　要依各地土壤和饲草中矿物质元素含量多少而定，缺少时才补加，如已知缺硒地区，饲料中可按营养需要标准 0.1 毫克/千克补加，如不缺乏也添加，不仅浪费，还会排泄出来污染环境。我国饲料中微量元素含量经分析只有较少部分，有待完善。其他添加剂市场上种类繁多，要谨慎选择使用，不能把添加剂当作快速育肥的捷径。

四、肉牛日粮配合的方法

为了满足肉牛所需要的养分，合理的确定每头牛每天各种饲料供给量，必须制定合理的日粮配方。肉牛的饲料使用时习惯把精粗饲料分开使用，分类中青绿饲料、青贮饲料和粗饲料习惯上都叫粗饲料，能量饲料、蛋白质饲料、矿物质饲料、维生素饲料和添加剂等混合在一起称为精料混合料，也叫精料补充料。

依据设备条件和饲料种类的多少，可以采用手工计算或计算机运算，在饲料种类少、计算项目不多的情况下，可运用十字交叉求解法、试差法或代数法。在饲料种类多、要求营养指标也多的情况下，需要借助电子计算机和有关的饲料配方软件来计算，同时筛选出最佳饲料配方。目前较大规模养殖企业多数采用计算机计算配方，最好计算出来后，再请专业科技人员结合本场生产实际情况进行必要的修改或调整，以达到用最低成本获得最高效益的目的。

配制肉牛日粮时目前最常用的是试差法。用试差法制定饲料配方的步骤。

① 查出肉牛的饲养标准。首先弄清动物的年龄、体重、生理状态、饲养目的和生产水平，选用相应的饲养标准。可参考我国农业部颁布的《肉牛的饲养标准》中包括肉牛各阶段营养需要和常用饲料原料营养成分价值表，也可参考 NRC 或者 ARC 等国外标准。饲养标准需要适当调整时，先确定能量指标，然后根据饲养标准中能量和其他营养素的比例关系，再调整其他营养物质的需要量。

② 根据当地的饲料资源，选择将要使用的饲料原料，查出其营养成分，并把风干或新鲜基础养分含量折算成绝干基础养分含量（为比较成本，最好也列出饲料原料的价格）。

③ 先计算青、粗饲料所能提供养分。根据本地饲料资源，选择优质廉价的青绿饲料、粗饲料和青贮饲料，同时根据肉牛的饲养

阶段和育肥要求，确定精、粗饲料比例，计算该比例下粗饲料所能提供的养分总量。

肉牛饲料中饲料原料所占的大致比例：一般青、粗饲料占日粮的40%～70%；谷实类饲料15%～30%；糠、麸类饲料5%～20%；矿物质及添加剂1%～3%。

④ 比较饲养标准，计算精饲料需要提供的养分。用饲养标准减去粗饲料所提供的养分的总量得出精料补充料所需要提供的剩余养分总量。

⑤ 草拟精料混合料配方。根据实践经验，先确定能量和蛋白质饲料的大致比例。

⑥ 调整配方（试差法）。配方草拟好之后进行计算，计算结果和饲养标准比较，如果差距较大，应进行反复调整，直到计算结果和饲养标准接近。

⑦ 补充矿物质饲料。在初拟配方的基础上，进一步调整钙、磷、氨基酸的含量。首先考虑补磷。用含磷高的饲料（磷酸氢钙、磷酸钙）调整磷的含量，再用碳酸钙（石粉、贝壳粉）调整钙的含量。食盐的添加量一般按饲养标准计算，不考虑饲料中的含量。

⑧ 最后补加微量元素和多种维生素。微量元素、维生素和其他添加剂的添加一般使用预混料并按照商品说明进行补充，也可自行额外配制。如果需要补充氨基酸，用人工合成的氨基酸调整氨基酸的含量。

⑨ 列出肉牛的饲料配方和精料混合料配方。配方中营养成分的计算种类和一般顺序是：能量→粗蛋白质→磷→钙→食盐→氨基酸→其他矿物质→维生素。

制定饲料配方，至少需要两方面的资料：动物的营养需要量和常用饲料营养成分含量。为了使配方更先进和更科学，除了上述两种资料外，最好要了解最近的研究文献。

五、肉牛日粮配合的注意事项

农牧发［2001］7号文件规定，禁止在反刍动物饲料中添加和使用以下动物性饲料产品：肉骨粉、骨粉、血粉、血浆粉、动物下脚料、动物脂肪、干血浆及其他血液制品、脱水蛋白、蹄粉、角粉、牛杂碎粉、羽毛粉、油渣、鱼粉、骨胶等。在日粮配方设计和采购饲料原料时应避免误用。

选择和使用的饲料添加剂应符合农业部 318 号公告《饲料添加剂品种目录》的要求。严禁添加国家不准使用的添加剂、性激素、蛋白质同化激素类、精神药品类、抗生素滤渣和其他药物。

农业部 168 号公告《饲料药物添加剂使用规范》规定，只有莫能菌素钠（瘤胃素）、杆菌肽锌、黄霉素（富乐旺）和硫酸黏杆菌素（抗敌素）等 4 种抗菌素可在肉牛饲料中添加。

日粮中的各种饲料原料在感官上应有一定的新鲜度，具有相应品种应有的色、嗅、味和组织形态特征，没有发霉、变质、结块、异味及异嗅。饲料中的水分含量不得超过 14%。粗饲料要经过加工处理，进行粗粉碎或压扁加工。精饲料应符合一定的粒度要求。

由于牛瘤胃内的微生物能合成 B 族维生素和维生素 K，维生素 C 可在体组织内合成，维生素 D 可通过摄取经日光照射的青干草或在室外晒太阳而获得，日粮中一般主要补充维生素 A 和维生素 D 即可。

如果利用尿素喂牛，喂量不应超过日粮干物质的 1%，尿素应均匀混入混合精料中每日分 2～3 次喂给，不得溶入水里直接饲喂，喂后 1.5～2 小时才能饮水。当日粮粗蛋白质含量在 12%以下时尿素利用率最高，促进增重效果最好，超过 12%时尿素利用率最低，不但不促进增重，反而可降低增重，得不偿失。

外购肉牛精料补充料或复合预混料时，应事先考察供货方的资质、信誉、管理和产品质量等综合情况，选择名优专业化生产企业的产品。进货时必须核对产品标签和产品质量合格证，并确认营养成分、含量、使用方法、生产日期、保质期及注意事项等。

自配精饲料应确保选料、设计、计量和加工等环节准确无误。肉牛精饲料应配有专用的生产设备，如与其他畜禽使用同一设备生产饲料，应当对生产设备进行彻底清洗，防止交叉污染。

配制全价混合日粮时，粗、精饲料必须按比例充分混合均匀，现用现配，足量喂给。每头牛每天采食的饲料量（日粮）以干物质计，一般约占体重的2%～3%，酌情增减。

设计和生产的肉牛全价混合日粮必须符合国家颁布的《饲料卫生标准》规定。

六、利用试差法制定肉牛饲料配方

例：用青干草、青贮玉米秸、玉米、麸皮、豆粕、磷酸氢钙、石粉、食盐、添加剂等为400千克日增重1000克的育肥牛设计饲料配方。

第一步，从我国农业部颁布的《肉牛的饲养标准》中查出体重400千克、日增重1000克育肥牛饲养标准（表4-6），RND为肉牛能量单位，一个肉牛能量单位等于1千克标准玉米的综合净能8.08兆焦。

表4-6　体重400千克、日增重1000克育肥牛饲养标准（每千克干物质）

干物质/千克	综合净能/兆焦	RND	粗蛋白/克	钙/克	磷/克
8.56	50.63	6.27	866	33	20

第二步，查饲料成分表（表4-7）。

表4-7　选用饲料营养成分表（以干物质为基础）

饲料	干物质/千克	综合净能/兆焦	RND	粗蛋白/克	钙/克	磷/克
野干草	87.9	4.03	0.5	106	3.8	0
青贮玉米秸	25	2.44	0.3	56	4	0.8
玉米	88.4	9.12	1.13	97	0.9	2.4
棉籽饼	89.6	7.39	0.92	363	3	9
麸皮	88.6	6.61	0.82	163	2	8.8
磷酸氢钙	99.8				218.5	186.4
石粉	99.1				325.4	

第三步，计算青、粗饲料所能提供养分（表4-8）。

第四步，精饲料的补充（表4-9）。

表 4-8　肉牛粗饲料的补充方法

饲料	用量/千克	干物质/千克	综合净能/兆焦	RND	粗蛋白/克	钙/克	磷/克
野干草	2.5	87.9	4.03	0.5	106	3.8	0
青贮玉米秸	8	25	2.44	0.3	56	4	0.8
粗饲料供给量		4.20	13.74	1.70	344.94	16.35	1.60
营养需要量		8.56	50.63	6.27	866	33	20
与标准比较		－4.36	－36.89	－4.57	－521.07	－16.65	－18.40

表 4-9　肉牛精饲料的补充方法（试差法）

饲料	用量/千克	干物质/千克	综合净能/兆焦	RND	粗蛋白/克	钙/克	磷/克
玉米	3.5	88.4	9.12	1.13	97	0.9	2.4
棉籽饼	0.5	89.6	7.39	0.92	363	3	9
麸皮	1	88.6	6.61	0.82	163	2	8.8
精饲料补充量		4.43	37.38	4.63	607.16	5.90	19.25
精饲料要求供量		4.36	36.89	4.57	521.07	16.65	18.40
与标准比较		0.07	0.49	0.06	86.09	－10.75	0.85

第五步，补充矿物质饲料。

所计算的养分含量与饲养标准相比，钙不能满足肉牛的营养需要，需要补充。钙可由石粉提供：10.75÷32.54％÷99.1％＝33.3（克），所以每天补充 33.3 克的石粉即可满足肉牛对钙的需要。另按饲养标准规定每天补充 50 克的食盐和 50 克添加剂。

第六步，整理配方。

综合以上计算结果，整理该肉牛每天应提供的各种饲料量见表 4-10。

表 4-10　该肉牛每天所需的饲料量

饲　料	用量/千克	饲　料	用量/千克	饲　料	用量/千克
野干草	2.5	棉籽饼	0.5	食盐	0.05
青贮玉米秸	8	麸皮	1	添加剂	0.05
玉米	3.5	石粉	0.033	合计	15.58

第七步，计算精料混合料配方。

由于生产中一般要预先配制精料混合料，所以其配方中各种饲料的百分比计算见表 4-11。

表 4-11 各种饲料的百分比

饲　料	用量/千克	比例/%	饲　料	用量/千克	比例/%
玉米	3.5	68.19	食盐	0.05	0.97
棉籽饼	0.5	9.74	添加剂	0.05	0.97
麸皮	1	19.48	合计	5.08	100.00
石粉	0.033	0.64			

由于配方中各种原料的添加比例为计算值，对于大宗原料加工时不易准确称量，所以应进行适当调整，使配方（表 4-12）更加实用。

表 4-12 调整后的配方

饲料	调整后比例/%	饲料	调整后比例/%	饲料	调整后比例/%
玉米	68	石粉	1	添加剂	1
棉籽饼	10	食盐	1	合计	100
麸皮	19				

七、利用代数法设计肉牛的饲料配方

以体重 300 千克，育肥目标为 400 千克的肉牛为例，当日增重为 1.5 千克时设计日粮配方如下。

① 根据肉牛各种营养物质需要计算饲料营养标准结果见表 4-13。

表 4-13 营养标准

体重/千克	日增重/千克	干物质采食量/千克	RND	粗蛋白质/克	钙/克	磷/克
300	1.5	8.75	7.89	977	38	20

根据以上标准计算肉牛所需干物质每千克营养物质含量是：肉牛能量单位（RND）0.9、粗蛋白质 111.7 克、钙 4.3 克、磷 2.3 克。供选原料营养物质含量见表 4-14。

表 4-14 原料中营养物质含量

原料名称	干物质/%	RND	粗蛋白质/%	钙/%	磷/%
玉米秸	90	0.45～0.50	5.9～6.6	—	—
酒糟	37.7	0.38～1.00	9.3～24.7	—	—
玉米	88.4	1.00～1.13	8.6～9.7	0.08～0.09	0.21～0.24
麦麸	86.6	0.73～0.82	14.4～16.3	0.18～0.20	0.78～0.88
棉籽粕	88.3	0.82～0.92	32.5～36.3	0.29～0.30	0.81～0.90
石粉	92.1	—	—	33.98	—
磷酸氢钙	风干	—	—	23.2	18.6
盐	95	—	—	—	—

注：摘自《中国肉牛饲养标准》、《肉牛常用饲料成分与营养价值表》。

② 确定拟配日粮中各种原料占粗料总量之百分比，并算出每千克干物质的营养价值粗料中玉米秸占60%、酒糟占40%，计算出拟配日粮粗料的营养浓度，见表4-15。

表 4-15 粗料的营养浓度（每千克干物质）

原料	占干物质/%	RND	蛋白质/克	钙/克	磷/克
玉米秸	60	0.3	39.6	—	—
酒糟	40	0.4	98.8	—	—
合计	100	0.7	138.4	—	—

③ 确定拟配日粮精料中各种原料所占比例（用线性规划法求出），并计算出每千克干物质的营养价值。见表4-16。

表 4-16 精料的营养浓度（每千克干物质）

原料	占干物质/%	RND	蛋白质/克	钙/克	磷/克
玉米	82.9	0.94	80	0.75	2
麦麸	15.2	0.12	24.7	0.30	1.34
棉籽粕	1.9	0.02	6.9	0.17	0.17
合计	100	1.08	111.6	1.22	3.51

④ 按肉牛营养标准规定的能量浓度确定粗、精料比例。

设：混合粗料比为 X，则混合精料比为 $1-X$。

列方程式：$X\times0.7+(1-X)\times1.08=0.9$；$X=47.4\%$。

即：混合粗料占日粮比例为47.4%，混合精料占日粮比例为52.6%。

⑤ 计算出日粮中各种原料所占的比例。

玉米秸＝60%×47.4%＝28.4%；

酒糟＝40%×47.4%＝19%；

玉米＝82.9%×52.6%＝43.6%；

麦麸＝15.2%×52.6%＝8%；

棉籽粕＝1.9%×52.6%＝1%；

合计＝100%。

⑥ 按日粮组成计算出每千克干物质中粗蛋白质含量。

138.4×47.4%＋111.6×52.6%＝124.3（克），比标准高124.3－111.7＝12.6（克）。

⑦ 日粮组成及营养物质含量余缺情况见表4-17。

表4-17　日粮组成及营养含量余缺情况

原料	占干物质比例/%	干物质采食量/千克	饲料采食量/千克	RND	粗蛋白质/克	钙/克	磷/克
玉米秸	28.4	2.5	2.8	1.25	165	—	—
酒糟	19	1.7	4.5	1.7	419.9	—	—
玉米	43.6	3.8	4.3	4.29	368.6	3.42	9.12
麦麸	8	0.7	0.8	0.57	114.1	1.4	6.16
棉籽粕	1	0.09	0.1	0.08	32.67	0.27	0.81
合计	100	8.79	12.5	7.89	1100.27	5.09	16.09
与标准相差(±)	—	+0.04	—	0	+123.27	−32.91	−3.91

从表4-17可知，拟配日粮钙缺32.91克，磷缺3.91克，此日粮尚需平衡。

⑧ 平衡日粮。用磷酸氢钙来调整钙、磷不足。3.91克磷需要的磷酸氢钙量＝3.91÷186＝0.021（千克）。查“饲料营养成分与营养价值表”知磷酸氢钙含钙23.2%、磷18.6%，0.021千克磷酸氢钙含钙：0.021×232＝4.87（克），钙量尚缺：32.91－4.87＝

28.04（克）。用石粉来补充尚缺的28.04克钙：28.04÷339.8＝0.083（千克）。确定盐的用量：0.22%×8.91＝19.6（克）。平衡日粮组成见表4-18。多种维生素、微量元素按说明添加。

表4-18 肥育肉牛（300～400千克）平衡日粮组成

原料	干物质采食量/千克	饲料采食量/千克	RND	粗蛋白/克	钙/克	磷/克
玉米秸	2.5	2.8	1.25	165	—	—
酒糟	1.7	4.5	1.7	419.9	—	—
玉米	3.8	4.3	4.29	368.6	3.42	9.12
麦麸	0.7	0.8	0.57	114.1	1.40	6.16
棉籽粕	0.09	0.1	0.08	32.67	0.27	0.81
磷酸氢钙	0.021	0.021	—	—	4.87	3.91
石粉	0.083	0.09	—	—	28.04	—
盐	0.0196	0.02	—	—	—	—
合计	8.91	12.6	7.89	1100.27	38	20
与标准相差(±)	＋0.16	—	0	＋123.27	0	0
相对差(±%)	＋1.8	—	0	＋12.62	0	0

注：盐的用量按日粮干物质的0.15%～0.25%添加。

⑨ 肉牛肥育期日粮组成。玉米秸2.8千克、酒糟4.5千克、玉米面4.3千克、麦麸0.8千克、棉籽粕0.1千克、磷酸氢钙0.021千克、石粉0.083千克、盐0.02千克，合计12.6千克。

此日粮营养浓度符合标准要求，肉牛能量单位为7.89RND，综合净能、钙、磷与标准一致，粗蛋白质比标准高123克。

八、利用“低蛋白质和高蛋白质混合精料”平衡日粮的肉牛饲料配方

日粮配合方法实例：现有粗饲料（羊草、玉米秸）、精饲料（玉米、大麦、麦麸、米糠、豆饼）、矿物质（食盐、石灰石粉、磷酸氢钙）等，给体重300千克、日增重0.8千克的肉牛配合日粮，具体做法如下。

1. 查肉牛饲养标准表

根据给出的肉牛体重300千克、日增重0.8千克，查出干物质、综合净能、粗蛋白质、钙、磷的需要量分别为6.58千克、34.77兆焦、715克、29克、16克。

2. 查肉牛常用饲料成分和营养价值表

根据饲料编号和名称，查出干物质、综合净能、粗蛋白质、粗脂肪、粗纤维、钙和磷的含量见表4-19。

表4-19 肉牛常用饲料成分和营养价值

编号	名称	干物质/%	粗蛋白质/%	粗脂肪/%	粗纤维/%	综合净能/(兆焦/千克)	钙/%	磷/%
1-05-645	羊草	91.6	7.4	3.6	29.4	3.70	0.37	0.18
1-06-062	玉米秸	81.0	4.7	0.7	30.1	2.81	—	—
4-07-263	玉米	88.4	8.6	3.5	2.0	8.06	0.08	0.21
4-07-022	大麦	88.8	10.8	2.0	4.7	7.19	0.12	0.29
4-08-078	麦麸	88.6	14.4	3.7	9.2	5.86	0.18	1.78
4-08-030	米糠	90.2	12.1	15.5	9.2	7.22	0.14	0.04
5-10-043	豆饼	90.6	43.0	5.4	5.7	7.41	0.32	0.50

3. 确定饲草用量及营养价值

饲草按肉牛体重的1.5%喂给，羊草与玉米秸比为1∶2，则羊草和玉米秸的饲喂量分别为1.5千克、3.0千克。计算出饲草的营养价值见表4-20。

表4-20 饲草用量及营养价值

名称	数量/千克	干物质/千克	粗蛋白质/克	粗脂肪/克	粗纤维/克	综合净能/兆焦	钙/克	磷/克
羊草	1.5	1.37	111	54	441	5.55	5.55	2.70
玉米秸	3.0	2.43	141	21	903	8.43		
合计	4.5	3.80	252	75	1344	13.98	5.55	2.70

4. 需补充的营养价值

根据上述步骤求得需补充的营养价值见表4-21。

表 4-21 需补充的营养价值

项目	干物质/千克	粗蛋白质/克	综合净能/兆焦	钙/克	磷/克
需要营养	6.58	715	34.77	29.0	16.0
饲草营养	3.80	252	13.98	5.6	2.7
需补营养	2.78	463	20.79	23.4	13.3

5. 配制两种相同能值、不同粗蛋白质的混合精料

按饲料平均含水量11%计算，将饲料干物质换算成饲料量，即2.78÷(1－11%)＝3.12。

(1) 求配合料能值　按干物质计算，配合料能值为需补能量20.79兆焦与需补干物质2.78千克的比，即7.48兆焦/千克；按饲料量计算，配合料能值为需补能量20.79兆焦与饲料量3.12千克的比，即6.66兆焦/千克。

(2) 求配合料中粗蛋白质量　按干物质计算，配合料中粗蛋白质为需补蛋白质463克与需补干物质2.78千克的比值，即167克/千克；按饲料量计算，配合料中粗蛋白质为需补蛋白质463克与饲料量3.12千克的比值，即148克/千克。

由上述求出值可知，应配制每千克干物质含综合净能7.48兆焦且低于或高于含粗蛋白质167克的混合精料，或配制每千克饲料含综合净能6.66兆焦且低于或高于含粗蛋白质148克的混合精料，具体配制见表4-22、表4-23。

6. 用低蛋白质和高蛋白质混合精料补充平衡

尚缺的营养需要首先用低蛋白质混合精料补足饲草所缺少的能量，达到所需要的能量平衡，然后再用高蛋白质混合精料补充蛋白质的不足，以达到蛋白质的平衡。其中用来平衡能量的饲料量为3.12千克，平衡蛋白质为［463－(127.3×3.12)］/(327－127.3)＝0.33（千克）

用高蛋白质混合精料0.33千克和低蛋白质混合精料3.12－0.33＝2.79（千克），达到日粮营养平衡，结合表4-22、表4-23，求得低蛋白质和高蛋白质混合精料的具体值见表4-24。

表 4-22　低蛋白质混合精料（每千克饲料含量）

名称	占比例/%	干物质/千克	蛋白质/克	粗脂肪/克	粗纤维/克	综合净能/兆焦	钙/克	磷/克	食盐/克
玉米	21	0.186	18.1	7.4	4.2	1.69	0.17	0.44	
大麦	30	0.266	32.4	6.0	14.1	2.16	0.36	0.87	
麦麸	30	0.266	43.2	11.1	27.6	1.76	0.54	2.34	
米糠	10	0.090	12.1	15.5	9.2	0.72	0.14	1.04	
豆饼	5	0.045	21.5	2.7	2.9	0.37	0.16	0.25	
石粉	2	0.020					6.50		
食盐	2	0.020							20
合计	100	0.893	127.3	42.7	58.0	6.70	7.87	4.94	20

表 4-23　高蛋白质混合精料（每千克饲料含量）

名称	占比例/%	干物质/千克	蛋白质/克	粗脂肪/克	粗纤维/克	综合净能/兆焦	钙/克	磷/克	食盐/克
豆饼	66	0.598	284	35.6	37.6	4.89	2.1	3.3	
麦麸	30	0.266	43	11.1	27.6	1.76	0.5	2.3	
石粉	2	0.020					6.5		
食盐	2	0.020							20
合计	100	0.904	327	46.7	65.2	6.65	9.1	5.6	20

表 4-24　低、高蛋白质混合精料营养价值

饲料	数量/千克	干物质千克	粗蛋白质/克	粗脂肪/克	粗纤维/克	综合净能/兆焦	钙/克	磷/克	食盐/克
低蛋白精料	2.79	2.49	355.2	119.1	161.8	18.69	21.96	13.8	55.8
高蛋白精料	0.33	0.30	107.9	15.4	21.5	2.19	3.0	1.8	6.6
合计	3.12	2.79	463.1	134.5	183.3	20.88	24.93	15.6	62.4
与需要差		+0.01	+0.1			+0.09	+1.46	+2.3	

7. 求混合料中各种饲料的质量

求高、低蛋白质混合料的比例。其中高蛋白质混合料的比例为0.33/3.12＝11％；低蛋白质混合料比例为2.79/3.12＝89％。

表 4-25　混合料中各种饲料的比例和质量

名　称	比例/%	质量/千克	名　称	比例/%	质量/千克
玉米	18.7	0.583	豆饼	11.7	0.365
大麦	26.7	0.833	石粉	2.0	0.062
麦麸	30.0	0.936	食盐	2.0	0.062
米糠	8.9	0.278	合计	100	3.119

求混合料中各种饲料的比例和质量。混合料中各饲料的比例等于各种饲料在低蛋白质混合精料中的比例（见表 4-23）乘以 89%与在高蛋白质混合精料中的比例（见表 4-24）乘以 11%的和。质量等于混合料量 3.12 千克分别乘以各种饲料比例，具体值见表 4-25。

8. 列出全价日粮及其营养成分

结合表 4-20、表 4-21，计算出全价日粮及其营养成分见表 4-26。

表 4-26　全价日粮及其营养成分

名称	数量/千克	干物质/千克	粗蛋白/克	粗脂肪/克	粗纤维/克	综合净能/兆焦	钙/克	磷/克	食盐/克
羊草	1.50	1.37	111	54	441	5.55	5.55	2.70	
玉米秸	3.00	2.43	141	21	903	8.43		1.22	
玉米	0.58	0.51	50	20	12	4.67	0.46	2.41	
大麦	0.83	0.74	90	17	39	5.97	1.00	7.33	
麦麸	0.94	0.83	135	35	86	5.51	1.69	2.91	
米糠	0.28	0.25	34	43	26	2.02	0.39	1.85	
豆饼	0.37	0.34	159	20	21	2.74	1.18		
石粉	0.06	0.06					22.80		60
食盐	0.06	0.06							
合计	7.62	6.59	720	210	1528	34.89	33.07	18.42	60

9. 检验日粮各营养成分比例的合理性

由以上计算结果可知，粗料为 4.5 千克、日粮 7.62 千克、干物质 6.59 千克、粗蛋白 720 克、粗脂肪 210 克、粗纤维 1528 克、综合净能 34.89 兆焦、钙 33 克、磷 18 克、食盐 60 克。由此可计算出粗料与日粮的比为 59%，干物质与肉牛体重的比为 2.2%，综合净能、粗蛋白、粗脂肪、粗纤维、钙、磷、食盐与干物质的比分别为5.29、11%、3.2%、23.2%、0.5%、0.27%、0.9%，其钙磷比为1.83∶1，由于以上各比值的合理范围分别为20%～90%、1.4%～2.7%、4.7～6.0、11%～12%、2%～3%、15%～24%、0.18%～0.6%、0.18%～0.34%、0.5%～1.0%、(1～2)∶1，所以全价日粮各营养成分比例基本在合理范围内，符合饲养标准，可用于肉牛生产。

第四节　肉牛自配全价饲料配方示例

饲料配方决定了肉牛饲养的效果和饲养的成本。具体到每一个日粮，则决定于饲料原料的质量，作物秸秆或酒糟等，都存在质量的差异，例如青贮玉米料，按干物质计算，粗蛋白含量为5%～7%，综合净能为2.4～4.4兆焦/千克。选择优质饲料原料是获得较高日增重的保证条件。各地要充分发掘当地可利用饲料资源，只要饲料原料质量优良，都可用在肉牛日粮中，配制成饲养效果好的各种饲料配方。

一、肉牛全价饲料综合示例

1. 育肥牛混合精饲料的配合

混合精料的配合依牛的肥育类型而不同。各肥育类型的牛依体重和生长发育特点分阶段对精料种类和数量作相应调整。肥育初期的小牛，蛋白质饲料比例稍高，肥育后期相应降低。能量饲料则相反，前期较低，肥育后期逐渐提高（表4-27）。再如，同样是架子牛，小架子牛指1岁左右的待育肥牛，由于小牛本身还在生长，饲料的蛋白质水平不能太低。

表4-27　育肥牛混合精料配合比例　　%

肥育类型	大麦	麸皮	米糠	豆饼	食盐	矿物质混合物
幼龄牛	40	28	15	15	1	1
架子牛	50	28	10	10	1	1
母牛	55	28	10	5	1	1

2. 育肥牛饲料配方举例

一般情况下，我国良种黄牛及杂交公牛可以肥育到600千克体重，因此体重400千克只是育肥中期，混合精料的营养水平中，能量要高于小架子牛，蛋白质水平11%左右；当体重达到500千克，能量水平再提高，蛋白质水平可以降低一些。表4-28中配方Ⅰ适用于400千克体重的牛，配方Ⅱ适用于500千克体重的牛。

表4-28 育肥牛混合精料配方

项　目	配方Ⅰ	配方Ⅱ
玉米/%	65	70
高粱/%	8	10
麸皮/%	10	10
棉仁饼/%	12	5
石粉/%	1	1
小苏打/%	0.5	0.5
沸石/%	1.5	1.5
盐/%	1	1
微量元素添加剂/%	1	1
粗蛋白/克	11.6	11.2
综合净能/兆焦	7.2	8.2
钙/克	0.55	0.49
磷/克	0.46	0.33

依牛的体重大小和当地的粗饲料种类，配制三种日粮（表4-29）。

1号日粮：混合精料为配方Ⅰ；粗饲料有玉米秸和青贮玉米料，日粮的精、粗比为49∶51。适宜于体重400千克的肉牛。

2号日粮：混合精料为配方Ⅱ；粗饲料种类多，也比较好，除秸秆、青贮料，还有酒糟。日粮的精、粗比为55∶45。适宜于体重500千克的肉牛，每100千克活重喂精料1.2千克。

计算精、粗比时考虑到酒糟的原料主要是谷物，故按干物质重，一半算作粗料，一半算作精料，按此计算，这一日粮的粗蛋白含量稍为偏高。

3号日粮：混合精料为配方Ⅱ；粗饲料为单一的玉米秸。虽然体重只有400千克，为满足牛的能量需要，选用能量水平高的配方Ⅱ混合精料，并按每100千克活重1.4千克的精饲料饲喂，使精料比重达到53%。

表 4-29　育肥牛日粮组成举例

项　　目	适合体重/千克		
	400	500	400
	混合精料配方		
	配方Ⅰ	配方Ⅱ	配方Ⅱ
混合精料/千克	5.6	6.0	5.6
玉米秸/千克	2.5	2	5
青贮玉米/千克	10	8	—
酒糟/千克	—	8	—
干物质/千克	10.3	12	9.5
粗蛋白/克	945	1340	866
综合净能/兆焦	55.9	74.2	54.1
钙/克	45.4	40.0	33.6
磷/克	33.2	27.6	21.2
精/粗	49/51	55/45	53/47

虽然这三组日粮的饲料种类、牛的活重有较大差别，但饲喂的效果都能达到日增重 1 千克以上。

二、肉牛日粮具体配方

在广大农村，肉牛养殖户越来越多，有许多地方需要提供养牛的具体配方而不是计算方法，为此，对不同年龄、不同性别、不同用途的牛，只提供其营养需要量和具体的配方实例。

1. 育成母牛日粮配方

育成母牛的精料饲喂量，按满 6 月龄到 24 月龄计算，开始可以每天 1 千克，满一周岁后每天 2 千克，此时的优质干草应该日喂 7 千克。混合精料的成分大约为玉米 57%、麦麸 20%、豆饼 20% 和食盐 1.5%。维生素 A 1000 国际单位。在青草期应组织放牧，下加精料；如果是舍饲，必须割青草或用人工牧草喂养。若无优质牧草时加上述精料 2.2 千克。当青草季节不能放牧的情况下，要培育好青年牛，应当种植一些高蛋白的牧草，主要是豆科牧草、籽粒苋，用来与稻草或麦秸混合喂养。对于刚断奶的小牛一定要预备好优质牧草，保证每天 2 千克水平。

现提供具体配方实例，不同地方对育成牛饲养日粮配合时根据各地原料情况参考配制（表4-30、表4-31、表4-32）。

表 4-30　育成牛全价配方 1

原料名称	含量/%	原料名称	含量/%
玉米	26.11	石粉	1.47
棉粕	19.65	牛预混料(1%)	1
高粱	9.83	盐	0.26
DDG	9.83	赖氨酸	0.07
麦饭石	9.83	营养素名称	营养含量/%
苜蓿草粉	9.83		
玉米蛋白粉	5.49	粗蛋白	18
稻谷	4.91	钙	1.1
磷酸氢钙	1.74	总磷	0.55

表 4-31　育成牛全价料配方 2

原料名称	含量/%	原料名称	含量/%
大麦皮	20	石粉	1.37
碎米	20	牛预混料(1%)	1
麦芽根	20	盐	0.4
甘薯干	10	营养素名称	营养含量/%
DDG	8.78	粗蛋白	19
粉浆蛋白粉	8.11	钙	1.0
麦饭石	3.51	总磷	0.6
荞麦	3.16		
米糠	2		
磷酸氢钙	1.67		

表 4-32　育成牛全价料配方 3

原料名称	含量/%	原料名称	含量/%
玉米	49.17	石粉	1.7
棉籽粕	14.19	牛预混料(1%)	1
小麦麸	10	盐	0.3
高粱	10	营养素名称	营养含量/%
米糠	5	粗蛋白	17
菜籽粕	4.27	钙	1.1
马铃薯浓缩蛋白	2.37	总磷	0.6
磷酸氢钙	2		

2. 成年母牛的日粮配方

在舍饲的条件下，母牛饲养要以青粗饲料为主，搭配精料。放牧条件下要尽量延长放牧时间，可以不补喂其他饲料；在枯草期要补喂精料。

配方可由以下饲料组成：大麦 20%、麸子 30%、玉米 30%、豆饼 10%、食盐等。用料每天 1.5～1.9 千克，此时每天需优质干草 6.5 千克，或鲜草 30 千克，或青贮牧草 22 千克；粗料质量不好时，如用 15 千克鲜草及 4 千克稻草，则以上精料量要调整为2.1～2.4 千克。所述精料范围是按上表母牛体重范围来调配的。在没有大麦的地方，可以用玉米来代替。

现举例如下，根据各地原料情况进行参考（表 4-33、表 4-34、表 4-35、表 4-36）。

表 4-33 成年母牛全价料配方 1

原料名称	含量/%	原料名称	含量/%
玉米	45	石粉	3
玉米秸	13.59	牛预混料(1%)	1
米糠	10	盐	0.3
小麦麸	9.63	大豆油	0.65
菜籽粕	8.71	营养素名称	营养含量/%
米糠粕	4.67	粗蛋白	12
玉米蛋白粉	1.75	钙	1.49
磷酸氢钙	1.70	总磷	0.8

表 4-34 成年母牛全价料配方 2

原料名称	含量/%	原料名称	含量/%
玉米	43.35	石粉	2.92
玉米秸	16.68	牛预混料(1%)	1
米糠	10	盐	0.2
DDG	9.81	营养素名称	营养含量/%
棉籽粕	7.99	粗蛋白	13
米糠粕	5.66	钙	1.2
菜籽粕	0.51	总磷	0.6
磷酸氢钙	1.88		

表 4-35 成年母牛全价料配方 3

原料名称	含量/%	原料名称	含量/%
高粱	22	石粉	1
大麦	15	贝壳粉	1
稻谷	15	牛预混料(1%)	1
米糠	10.52	盐	0.3
米糠粕	10	营养素名称	营养含量/%
次粉	8.65	粗蛋白	12
小麦麸	8.28	钙	1.0
菜籽粕	6.25	总磷	0.58
磷酸氢钙	1.0		

表 4-36 成年母牛全价料配方 4

原料名称	含量/%	原料名称	含量/%
玉米	38.66	磷酸氢钙	1.25
菜籽粕	18.26	牛预混料(1%)	1
玉米淀粉	16.38	盐	0.7
麦饭石	10	营养素名称	营养含量/%
高粱	5	粗蛋白	12
小麦麸	5	钙	1
米糠	2	总磷	0.5
石粉	1.75		

3. 幼犊的日粮配方

人工代乳的配方：乳清粉 11.0%、脱脂乳粉 16.0%、全脂乳粉 10.0%、大豆粉 26.0%、玉米 25.0%、植物油脂粉 10.0%、预混料 2.0%。饲喂方法：在开始时可把代乳粉调成糊状，喂 20～30 天后改为干料；到 2～3 月龄时改为犊牛料，并要加喂青干草。

早期犊牛混合精料配方：玉米 36.0%、豆粕 20.0%、膨化大豆 17.3%、小麦 10.0%、高粱 5.0%、小麦麸 5.0%、米糠 2.0%、牛预混料 1.0%、石粉 2.0%、食盐 0.7%、磷酸氢钙 1.0%。

现举例如下，根据各地原料情况进行参考（表 4-37、表 4-38、表 4-39）

表 4-37 断奶犊牛全价饲料配方 1

原料名称	含量/%	原料名称	含量/%
玉米	16.83	马铃薯浓缩蛋白	2.71
高蛋白啤酒酵母	13.41	石粉	0.71
菜籽粕	11.13	乳清粉	0.61
稻谷	10	牛预混料(1%)	1
麦饭石	10	盐	0.3
玉米淀粉	10	营养素名称	营养含量/%
干蒸大麦酒糟	10	粗蛋白	21
高粱	10	钙	1.1
磷酸氢钙	3.3	总磷	0.8

表 4-38 断奶犊牛全价料配方 2

原料名称	含量/%	原料名称	含量/%
玉米	37.57	牛预混料(1%)	1
DDG	22	盐	0.3
玉米蛋白粉(60%)	17.82	营养素名称	营养含量/%
米糠	10.34	粗蛋白	23
米糠粕	8.47	钙	1
石粉	1.5	总磷	0.5
磷酸氢钙	1		

表 4-39 断奶犊牛全价饲料配方 3

原料名称	含量/%	原料名称	含量/%
玉米	39.77	石粉	0.83
小麦	20	牛预混料(1%)	1
棉粕	20	盐	0.4
棉籽粕	5	大豆粕	0.35
菜籽粕	5	营养素名称	营养含量/%
菜粕	3.39	粗蛋白	20
磷酸氢钙	2.26	钙	0.9
米糠	2	总磷	0.7

4. 肉用杂交犊牛补饲料配方

玉米面 47.5%、麸皮 20%、豆饼 6.5%、棉籽饼 4.5%、花生饼 4%、添加剂 3%、草粉 14.5%。该补饲料的粗蛋白含量为 13.5%，代谢能 9.83 兆焦/千克。

2月龄犊牛舍饲持续育肥混合精饲料配方：玉米40.0%、DDGS10.0%、大豆粉20.0%、豆粕10.0%、小麦麸10.0%、苜蓿草粉5.0%、石粉2.0%、磷酸氢钙1.5%、牛预混料1.0%、食盐0.5%。

5. 肉用犊牛断奶前后补饲用精饲料配方

依据夏南牛犊牛的生长发育特点，采取提前补饲混合精饲料的方法。粗饲料由氨化麦秸和牧草组成，任牛自由采食。混合精饲料配方：玉米45%、麦麸20%、饼粕32%、预混料3%。从10日龄开始诱食混合精饲料，喂量由少到多。5月龄时，日喂量0.5～0.75千克；6月龄时，日喂量1千克。补饲效果明显，6月龄时补饲组夏南牛平均个体体重达到199.57千克，未补饲组的平均个体体重为173.43千克；补饲期日增重分别为0.88千克和0.73千克。

6. 6月龄断奶育肥牛配方

① 混合精饲料配比：玉米55.0%、豆粕20.0%、麸皮15.0%、苜蓿草粉4.2%、石粉2.0%，磷酸氢钙1.3%、食盐1.0%、小苏打0.5%、维生素和微量元素预混合饲料1.0%。

② 混合精饲料配比：玉米60.0%、豆粕8.0%、棉籽粕10.0%、麸皮16.5%、石粉2.0%、磷酸氢钙1.0%、食盐1.0%、小苏打0.5%、维生素和微量元素预混合饲料1.0%。

7. 16～18月龄牛的日粮配方

用优质干草5.7千克，或鲜草25千克，或玉米青贮饲料18千克。当优质粗料不足时，即只能喂一般干草加稻草时，如2千克鲜草加3千克稻草，则要加精料大约2千克。18～20月龄，用优质干草6.0千克，或鲜草27千克，或青贮20千克。当优质干草不足时应喂鲜草14千克加稻草3千克，则要加混合精料2.2千克。以上两个年龄段的育成牛配方适合于妊娠3～4个月的母牛。

8. 17～19月龄的夏南牛育肥阉牛日粮配方

粗饲料为小麦秸经秸秆发酵剂发酵处理，自由采食。

精饲料配比：试验一组，玉米50%、麦麸20%、棉饼26%、预混料4%；试验二组，玉米50%、麦麸18%、棉饼30%、微量元素1%、食盐1%。

选择年龄在17～19月龄之间，体重350千克左右的夏南牛阉牛，进行90天的饲养试验。前45天精饲料每头日喂量3千克，后45天精饲料每头日喂量4千克。试验一组平均日增重1.85千克，试验二组平均日增重1.37千克。

9. 1.0～2.5岁生长牛强度育肥混合精饲料配方

第1阶段90天，第2阶段90天，共180天。第1阶段的精饲料配方：玉米65.0%、胡麻饼16.0%、麸皮15.0%、石粉1.5%、磷酸氢钙1.0%、食盐1.0%、小苏打粉0.5%；第2阶段精饲料配方：玉米65.0%、胡麻饼6.0%、棉籽粕6.0%、麸皮18.0%、食盐1.0%、石粉1.5%、磷酸氢钙1.0%、小苏打粉0.5%、维生素和微量元素预混合饲料1.0%。

高精料强度育肥，生产高档牛肉。混合精料配方1：玉米70.0%、麸皮10.0%、大麦7.0%、豆饼5.0%、苜蓿粉5.0%、矿物质（食盐、磷酸氢钙）和复合维生素3.0%。混合精料配方2：玉米60.0%、麸皮10.0%、大麦12.0%、豆饼10.0%、苜蓿粉5.0%、矿物质（食盐、磷酸氢钙）和复合维生素3.0%。

10. 架子牛育肥日粮配方

架子牛是指在育成牛阶段，按较粗放饲养条件饲养15个月以上，当体重在300千克左右时的成年牛。架子牛的快速肥育时间一般为3～4个月，在这一段时间内，饲养水平应有所调整，由低到高，以适应肉牛的营养需要。肉牛自由采食青粗饲料，如青草、青贮全株玉米、氨化秸秆等，而且在第一个月每头牛供给2千克由玉米、豆粕、麦麸组成的精料，第二个月给2.5千克，第三个月给3千克。这种饲喂方式，每天可以增重1千克左右。整个育肥期可以增重90～120千克。有些年龄较大或因品种的原因，增重较慢，这种牛要尽早出栏。因为牛的年龄越大，肉质越差，而且饲料的利用率也就越低。一般情况下，肉牛应在2岁出栏，最好不要超过2.5岁。

架子牛舍饲育肥青贮饲料类型日粮配方，选择15～18月龄体重300～350千克的架子牛舍饲育肥，60天平均日增重1.3～1.4千克。每天饲喂玉米2.65千克、棉籽饼0.8千克、麸皮1.42千克、磷酸氢钙70克、食盐50克、小苏打60克、微量元素适量，青贮玉米秸秆自由采食。

11. 架子牛舍饲育肥稻草类型日粮配方

12～18月龄体重300千克以上架子牛舍饲育肥105天，日增重1.3千克以上。

育肥前期（30天）：玉米2.5千克、豆饼0.25千克、磷酸氢钙51.2克、微量元素30克、食盐50克、碳酸氢钠50克、稻草20千克。

育肥中期（30天）：玉米4千克、豆饼1千克、磷酸氢钙64千克、微量元素30克、食盐50克、碳酸氢钠50克、稻草17千克。

育肥后期（45天）：玉米5千克、豆饼1.5千克、磷酸氢钙64千克、微量元素30克、食盐50克、碳酸氢钠80克、稻草15千克。

成年牛育肥，以黄贮玉米秸为粗饲料时混合精料配方：油饼25.0%、玉米面粉43.95%、麸皮29.25%、磷酸氢钙1.0%、食盐0.8%。

成年牛育肥，以青贮玉米为粗饲料时精料配方：玉米53.12%、麸皮16.56%、酒糟10.0%、油饼16.14%、石粉2.0%、磷酸氢钙1.28%、食盐0.9%。

成年牛育肥，以秸秆微贮为粗饲料时精料配方：玉米70%、麸皮20%、胡麻饼或豆饼10%，微量元素复合剂适量。

12. 育肥牛颗粒饲料配方

将精、粗饲料按比例混合，制成全价颗粒料饲喂育肥牛可提高增重，减少饲料浪费，显著缩短试验牛的采食时间，缩短工人劳动时间和劳动强度。颗粒饲料配方：玉米面47.6%、麸皮5.0%、棉籽饼10.0%、添加剂1%、食盐0.5%、石粉2%、磷酸氢钙0.9%、麦秸粉或草粉33.0%。

第五节　青绿饲料原料和自家农副产品饲料原料的补充料自配技术

在肉牛饲养中除满足肉牛精饲料、粗饲料之外，还要注意保证供应饲料补充料，这样才能获得较高的经济效益。

肉牛饲料补充料是指提高肉牛日粮营养价值的浓缩饲料，含有蛋白质或氨基酸、无机盐和维生素。补充料可以直接饲喂，也可以与基础日粮混合饲喂，主要功能是防止营养缺乏症，保证肉牛的最快生长速度，提高生产效益。

一、肉牛饲料补充料的种类及利用

1. 蛋白质补充料

蛋白质含量在20%以上的饲料都可称为蛋白质补充料。根据其来源，蛋白质补充料可划分为植物蛋白质、动物蛋白质、非蛋白质和单细胞蛋白质补充料。其中，国家规定在反刍动物饲料中不得添加动物来源的饲料原料。

植物蛋白质补充料：主要有豆饼、棉籽饼、亚麻饼、花生饼、葵花饼和芝麻饼等，其蛋白质含量及饲养价值变化很大，取决于其种类、含壳量及其加工工艺。

非蛋白质补充料：由于肉牛的瘤胃微生物能够合成蛋白质，因而可利用非蛋白质来代替部分蛋白质饲喂肉牛。但需注意无机盐和碳水化合物的供应平衡。非蛋白氮的来源主要有尿素、氨化糖蜜、氨化甜菜渣、氨化稻壳等，常用的非蛋白氮是尿素，其含量为46%，当日粮可消化能含量高，粗蛋白质含量在13%以下时，可以添加尿素。

2. 氨基酸补充料

对肉牛最关键的限制性氨基酸是：精氨酸、胱氨酸、赖氨酸、蛋氨酸、色氨酸。由于这五种氨基酸在一般饲料中的含量都比较低，因而需要在肉牛的补充料中添加人工合成的限制性氨基酸，其添加量可参考肉牛的营养需要量。

3. 肉牛的无机盐补充料

在肉牛日粮中需要添加的常量元素有 4 种，即钠、氯、钙、磷，粗饲料中钾和钠的比例约为 17∶1，因此肉牛在以粗饲料为主时，需要添加食盐，以平衡钠钾的供应量。

常量元素钙的廉价来源有石粉和贝壳粉，磷的来源有磷酸铵、磷酸钙、磷酸氢钙等。

肉牛常需要补充的微量元素有 7 种，即锌、硒、钴、铜、碘、铁、锰。要根据肉牛的生长阶段和饲料的种类来决定需要补充的微量元素。

矿物质补充料的生产需要专门设备，并且考虑微量元素的混合配伍关系，这是因为不同元素之间存在互作关系，一种过量会导致另一种或几种的缺乏症，并且缺乏与过量之间的范围很窄。例如，微量元素硒，允许在饲料中添加的最大浓度是 0.3%，而浓度超过 10%就会引起中毒。因此矿物质补充料的生产要求有专门的技术。

在肉牛饲养中维生素补充饲料也是不可缺少的，只不过肉牛对维生素的需要量很少。肉牛饲养中常用的维生素主要有维生素 A、维生素 D、维生素 E。对于舍饲的肉牛，要注意补充维生素 D，维生素 D 缺乏，肉牛易患佝偻病和软骨症。

4. 肉牛浓缩饲料

浓缩饲料，又称平衡用配合料。肉牛浓缩饲料主要有蛋白饲料，常量矿物质饲料（钙，磷，食盐）和添加剂预混合饲料，通常为全价饲料中除去通量饲料的剩余部分。它一般占全价配合饲料的 20%～50%。加入一定能量饲料后组成全价料饲喂动物。

肉牛浓缩饲料中各种原料配比，随着原料的价格，性质而异。一般蛋白质含量 40%～80%，矿物质饲料约占 15%～20%，添加剂预混料占 5%～10%。

二、肉牛养殖浓缩饲料配制技术

浓缩料在我国的畜牧业生产中应用已经十分广泛。其原因：一是畜牧业主要分布于农区和牧区，大宗的能量如玉米、麸皮和饲草来自这些地区，这些原料不需要特别的加工就能作为畜禽饲料；二是我国的运输费用较高，将这些原料运到饲料厂加工后再运到养殖场，增加了来回的运输成本；三是我国的养殖业相对比较分散，小型的养殖场往往没有自己的饲料加工设备，更不方便去购买种类繁多的原料，而浓缩饲料是配合中将能量饲料以外的原料按一定比例配合在一起的混合料，只要与能量饲料混合在一起就可组成配合饲料。所以在我国饲料企业中，相当一部分饲料产品是浓缩饲料。

（一）浓缩饲料配方设计的原则

1. 大宗能量饲料配比上的整数原则

在配方设计中，原料的配比可精确到小数点后几位，这是基于原料的具体的营养成分数据而言的，而实际上原料的成分与营养成分表上的数据往往不相符。即使浓缩饲料中的各种原料的数据都十分可靠，而用户所加入的能量饲料成分并不一致。所以用浓缩饲料配制配合饲料，说到底是一种粗放的配料方法，没有必要过于精确。能量饲料如玉米、麸皮的使用比例尽可能是便于用户称量的量。如果能量饲料取整数，营养成分不符合需要，可从浓缩饲料部分进行调整，如增加油脂或调整不同能量水平的蛋白质饲料的比例，以使其符合饲养标准。

2. 浓缩料使用配方应符合习惯原则

饲料厂的产品必须照顾到用户的实际习惯，而不能一味地仅仅根据其“合理性”设计使用配方。用户的习惯配比是在过去饲料产品的使用方法上延续下来的，并不是用户自定的，所以本身有其合理性。这是浓缩料产品方便用户使用的一个方面，不少用户在购买浓缩料后，并不去阅读使用说明书，而是按照习惯的方法去配料。如果认为过去的配比存在明显的弊端，产品厂商必须进行广泛的宣传，指出过去的弊端，说明新产品的使用方法，以便用户改变过去的配料习惯。

3. 浓缩料中不添加用户所添加的能量饲料原则

设计浓缩料配方时，应将配合料中的配比中玉米、麸皮的比例固定地取整数，而不能仅根据配合料配方设计的方法，设计出配合料配方后，再将玉米、麸皮取整数后，多出的玉米和麸皮添加到浓缩料中。虽然从营养学角度上讲，把计算出的配合饲料配方中的玉米、麸皮的零头部分加在浓缩料中并没有什么不妥，但从商业角度看，容易给人一种掺假或其他方面的误解，必然会影响到产品的销售。

（二）浓缩饲料配制基本要求

① 按设计比例加入能量饲料以及蛋白质饲料或麸皮、秸秆等之后，总的营养水平应达到或接近于营养需要，或是主要指标达到营养标准的要求。例如，能量，粗蛋白质，钙，磷，维生素，微量元素及食盐等，有时浓缩料中的某些成分亦针对地区性进行设计。

② 依据肉牛品种，生长阶段，生理特点和生产产品的要求设计不同的浓缩料。通用性在初始的推广应用阶段，尤其在农村很重要，它能方便使用，减少运输，节约运费等，但成分上不尽合理，所以，最好且有针对性地生产。

③ 浓缩料的质量保护，除使用低水分的优质原料外，防霉剂，抗氧化剂的使用及良好的包装必不可少，水分应低于12.5%。

④ 浓缩饲料在全价配合饲料中的占比例30%～50%为宜。而且为方便使用，最好使用整数，如30%、40%。所占比例与蛋白质原料，矿物质及维生素等添加剂的量有关。比例太低时用户配合需要的原料种类增加，厂家对产品的质量控制范围减少。比例太高时，失去浓缩的意义。因此，应本着有利于保证质量，又充分利用当地资源，方便群众和经济实惠的原则进行比例确定。

⑤ 一些感观指标应受用户的欢迎，如粒度、气味、颜色，包装等都应考虑周全。

（三）浓缩饲料配方设计方法

1. 先设计出混合精料配方，然后计算出浓缩饲料配方

第一步：查饲养标准，得出日粮配方营养需要量。

第二步：根据肉牛实际情况，选用和确定饲料原料品种，并查饲料成分及营养价值表，列出各种饲料原料的营养价值。

第三步：确定精粗饲料比例，确定粗饲料品种，根据采食量计算精料补充料的营养要求。

第四步：计算混合精料的配方。

第五步：验算混合精料配方营养含量。

第六步：计算出浓缩饲料配方。

第七步：列出日粮配方。

其中，由混合精饲料配方到浓缩料配方，比较关键的是如下两步。

① 确定玉米、麸皮等非浓缩料部分的比例　根据玉米、麸皮在配合料中的实际用量范围，确定一个固定的比例，并使营养符合饲养标准。如在初算的配合料配方中玉米比例为63.5%，麸皮的比例为16.6%，那么可将玉米的比例定为65%，麸皮的比例定为15%，这样用户在配料时就比较方便。总之，玉米、麸皮的用量应取整数，究竟用多少，可根据配方设计的实际需要和用户的习惯而定。然后再用试算法或其他方法将配方调整到符合饲养标准。

② 计算浓缩料配方　浓缩料部分的各种原料在配合料中的比例除以浓缩料部分的比例总和（即浓缩料在配合料中的配比），就可得到浓缩料的配方。

2. 直接计算浓缩饲料配方

第一步：查饲养标准，得出营养需要量。

第二步：根据经验和生产实际情况，选用和确定饲料原料品种，并查饲料成分及营养价值表，列出各种饲料原料的营养价值。

第三步，确定精粗饲料比例和能量饲料与浓缩饲料比例，根据采食量，能量饲料比例及饲料种类等计算浓缩饲料的营养要求。

第四步：确定浓缩饲料种类，计算浓缩饲料的配方。

第五步：验算配方营养含量。

第六步：补充矿物质及添加剂。

第七步：列出配方。

（四）肉牛浓缩饲料配方设计实例

由肉牛混合精饲料配方计算浓缩饲料配方。表4-40中列出了两个混合精饲料配方。

表 4-40　肉牛混合精饲料配方

饲料原料	混合精饲料配方 1/%	混合精饲料配方 2/%
玉米	65	70
高粱	8	10
麸皮	10	10
棉仁饼	12	5
石粉	1	1
小苏打	0.5	0.5
沸石	1.5	1.5
盐	1	1
微量元素添加剂	1	1

根据浓缩饲料在混合精饲料中所占的比例，计算浓缩饲料部分各种原料的比例。

由配制出的混合精饲料配方求浓缩饲料配方设计的系数，即用100%减去混合精饲料中能量饲料所占的百分数。

用系数分别除浓缩饲料将使用的各种饲料占混合精饲料的百分数，得到所要配制的浓缩饲料配方。

例如，在混合精饲料配方 1 中，玉米之外的饲料原料占 35%，因此可以计算浓缩饲料占混合精饲料的比例是 40%和 35%两种类型的浓缩饲料。浓缩饲料占混合精饲料的比例是 40%，则浓缩饲料部分各种原料在浓缩饲料中的比例为各种原料在混合精饲料中的比例分别除以 0.4 或乘以 2.5；浓缩饲料占混合精饲料的比例是35%，则浓缩饲料部分各种原料在浓缩饲料中的比例为各种原料在混合精饲料中的比例分别除以 0.35。

在混合精饲料配方 2 中，玉米之外的饲料原料占 30%，因此可以计算浓缩饲料占混合精饲料的比例是 30%的浓缩饲料，则浓缩饲料部分各种原料在浓缩饲料中的比例为各种原料在混合精饲料中的比例分别除以 0.3。计算过程及浓缩饲料配比如表 4-41。

在由肉牛混合精饲料配方计算肉牛浓缩饲料配方时，除了玉米之外，往往还将麸皮也去掉，甚至将其他一些农户易于得到或拥有的饲料原料都去掉。具体的浓缩比例视当地的习惯和运输需要而定。

表 4-41　肉牛浓缩饲料计算过程及浓缩饲料配比

饲料原料	混合精饲料配方 1/%	40%浓缩饲料配比/%	35%浓缩饲料配比/%	混合精饲料配方 2/%	30%浓缩饲料配比/%
玉米	65				70
高粱	8	8/0.4=20.00	8/0.35=22.86	10	10/0.3=33.33
麸皮	10	10/0.4=25.00	10/0.35=28.57	10	10/0.3=33.33
棉仁饼	12	12/0.4=30.00	12/0.35=34.29	5	5/0.3=16.67
石粉	1	1/0.4=2.50	1/0.35=2.86	1	1/0.3=3.33
小苏打	0.5	0.5/0.4=1.25	0.5/0.35=1.43	0.5	0.5/0.3=1.67
沸石	1.5	1.5/0.4=3.75	1.5/0.35=4.29	1.5	1.5/0.3=5.00
盐	1	1/0.4=2.50	1/0.35=2.86	1	1/0.3=3.33
预混合饲料	1	1/0.4=2.50	1/0.35=2.86	1	1/0.3=3.33

以下给出几个肉牛浓缩料配方，请根据各地不同原料特点参考配制（表 4-42、表 4-43、表 4-44）。

表 4-42　成年肉牛浓缩料配方 1

原料名称	含量/%	原料名称	含量/%
葵花粕(二级)	20	磷酸氢钙	1.46
棉籽粕	20	牛预混料(1%)	2
葵花粕(三级)	20	盐	0.4
大豆粕	15	营养素名称	营养含量/%
麦饭石	9.48	粗蛋白	30.5
菜籽粕	5.90	钙	1.2
大豆油	1	总磷	0.96
石粉	4.76		

表 4-43　成年肉牛浓缩料配方 2

原料名称	含量/%	原料名称	含量/%
小麦麸	20.63	磷酸氢钙	2.06
DDG	20.63	牛预混料(1%)	2.06
棉籽粕	15.79	盐	0.52
菜籽粕	10.32	营养素名称	营养含量/%
葵花粕	10.32	粗蛋白	29
玉米蛋白粉(50%粗蛋白)	10.32	钙	2.53
槐树叶	7.35	总磷	1.07

表 4-44 成年肉牛浓缩料配方 3

原料名称	含量/%	原料名称	含量/%
小麦麸	20.61	磷酸氢钙	2.06
棉籽粕	20.61	牛预混料(1%)	1.03
菜籽粕	10.30	盐	0.41
葵花粕	10.30	营养素名称	营养含量/%
玉米蛋白粉(50%粗白)	10.30	粗蛋白	30
棉粕	9.53	钙	2.01
大麦	8.24	总磷	1
大豆粕	6.59		

(五) 商品肉牛浓缩饲料示例

现以某饲料公司的肉牛浓缩饲料为例，作一介绍。

肉牛浓缩饲料原料组成：豆粕、膨化大豆、棉粕、DDGS、食盐、预混料等。营养成分保证值如表 4-45。

表 4-45 肉牛浓缩饲料营养成分表（每千克饲料中含量）

营养成分	含量	营养成分	含量
粗蛋白质/%	≥29.0	维生素 D_3/(国际单位/千克)	1500
粗纤维	≤10.0	维生素 E/(国际单位/千克)	60
粗灰分	≤15.0	铜/(毫克/千克)	24～60
总磷	≥0.8	铁/(毫克/千克)	160
钙	2.0～4.0	锌/(毫克/千克)	520
食盐	1.4～3.8	锰/(毫克/千克)	140
水分	≤14.0	碘/(毫克/千克)	0.6～1.8
赖氨酸/(克/千克)	≥1.38	硒/(毫克/千克)	0.4～1.3
维生素 A/(国际单位/千克)	8000	钴/(毫克/千克)	0.38

肉牛浓缩饲料适用阶段：3～16 月龄。

肉牛精料补充料推荐配比：55%玉米+45%肉牛浓缩饲料。

不同阶段饲喂量（表 4-46）。

此外，在给肉牛饲喂大量精饲料时，特别需要注意谷物类饲料的形态，以加工处理的谷物类最为理想。牛的体脂肪为硬脂肪，饲喂高粱、大麦，其脂肪酸含量几乎没有影响。脂肪的颜色以有光泽的白至乳白色为最好，黄色为不理想。脂肪的色素，以胡萝卜素和

表 4-46　不同阶段肉牛精料补充料推荐饲喂量

月　龄	体重(千克)	玉米秸秆/[千克/(头・日)]	精料补充料/[千克/(头・日)]
3～6	70～166	3.0	2.0
7～12	167～328	4.0	3.0～5.0
13～16	329～427	6.0	4.0～6.0

叶黄素为主，多由青草类转移而来。在肥育末期大量喂给青草，脂肪会成黄色，所以，在配合饲料中不能过多使用苜蓿草粉。

第五章 奶牛品种及营养需要

第一节　奶牛的品种

奶牛品种是经过人们长期精心选育和改良、主要用于生产牛奶的品种。世界著名的奶牛品种颇多，如纯乳用的荷斯坦牛、娟姗牛、更赛牛、爱尔夏牛，以及乳肉兼用的西门塔尔牛、瑞士褐牛等。其中，荷斯坦牛是最著名、生产性能最高的品种，且由于该品种具有广泛的适应性和风土驯化能力，深受各国奶牛饲养者的欢迎，已遍布世界各地。在美国、加拿大、新西兰、丹麦、日本、以色列等奶牛业发达国家，荷斯坦牛在其本国奶牛饲养总量中所占比例大都在 90% 以上；我国饲养的奶牛大部分也是荷斯坦牛，约占 60%。

一、中国荷斯坦牛

荷斯坦牛是世界著名的主要乳用牛品种。因其毛色具有黑白相间、界限分明的花片，故又普遍称之为黑白花牛。近一个世纪以来，世界上的荷斯坦牛，由于各国对其选育方向不同，分别育成了以美国、加拿大、以色列等国为代表的乳用型和以荷兰、德国、新西兰、澳大利亚为代表的乳肉兼用型两大类型。

中国荷斯坦牛原称中国黑白花牛，是我国 20 世纪利用从世界各地引入的纯种荷斯坦牛和我国本地良种黄牛经过级进杂交、高代杂种横交固定、后代自群繁育等阶段，长期有组织、有计划地系统选育而育成的奶牛品种，现已遍布全国各地。为便于大家了解，现将中国荷斯坦牛的外貌特征、生产性能和杂交改良效果等按其不同类型分述如下。

1. 外貌特征

① 乳用型荷斯坦牛　主要由美国、加拿大等为代表的乳用型荷斯坦公牛和我国北方本地良种黄牛杂交育成，具有典型的乳用型牛外貌特征。成年母牛体型侧望、前望、上望均呈明显的楔形结构，后躯较前躯发达。体格高大，结构匀称，皮薄骨细，皮下脂肪少。乳房发达，前伸后延，乳静脉粗大而多弯曲。头狭长清秀，背腰平直，尻部方正，四肢结实。被毛细短，毛色呈黑白斑块，界限分明，额部有白星，腹下、四肢下部及尾帚为白色（图 5-1、图 5-2）。

图 5-1　乳用型荷斯坦牛（公）

乳用型荷斯坦成年公牛体重 900～1200 千克，体高平均为 150 厘米，体长 190 厘米，胸围 240 厘米，管围 23 厘米；成年母牛体重 550～650 千克，体高平均 135 厘米，体长 170 厘米，胸围 200 厘米，管围 19 厘米。犊牛初生重平均为 40～45 千克，约为母牛体重的 7%。

图 5-2　乳用型荷斯坦牛（母）

② 兼用型荷斯坦牛　主要由荷兰、丹麦、德国等欧洲国家和新西兰、澳大利亚等大洋洲国家的乳肉兼用荷斯坦公牛和我国南方本地黄牛杂交育成，其体格略小于乳用型牛。由于乳肉兼用，体躯略显低矮，侧望略呈矩形，皮肤柔软而稍厚；鬐甲宽厚，胸宽且深，背腰宽平，尻部方正，四肢短而开张，肢势端正；乳房发育匀称，附着好，多呈方圆形。毛色与乳用型相同，但花片

更加整齐美观（图 5-3）。

兼用型荷斯坦牛体重比乳用型小，成年公牛体重 900～1100 千克，成年母牛体重 500～600 千克，全身肌肉较乳用型丰满。母牛体高平均 132 厘米，体长 160 厘米，胸围 196 厘米。犊牛初生重平均为35～45 千克。

图 5-3　兼用型荷斯坦牛（母）

由于各地引入的公牛来源不同，本地母牛类型不一，以及我国从南到北、从东到西饲养环境条件差异较大，加之近年来奶业正处于大发展中，促进了国内奶牛的相互流动，因此很难也没有必要对各地荷斯坦牛是乳用还是兼用作严格区分，根据各地资源条件、气候特点和市场需求的不同，必将形成各地的育种特色，出现乳用和乳肉兼用长期并存的格局。

2. 生产性能

2007 年全国成年母牛平均产奶量为 4500 千克，平均乳脂率为 3.4%以上，其中育种水平较高的京、津、沪等城市奶牛年单产普遍达到 6000 千克以上，个别高产牛群产奶量已超过 8000 千克。总体上，北方地区产奶量较高，平均为 5000～6000 千克，其中，中国与以色列的合作示范奶牛场平均产奶量超过 10 吨/年；南方地区由于气候炎热而相对较低，大约为 4500～5500 千克。

3. 杂交改良效果

国外荷斯坦牛引入我国，进行黄牛改良已有几十年的历史，改良后的杂种较本地牛的体重约提高 80%～100%，杂种一代的年产奶量约为 2000～2500 千克，二代为 2700～3200 千克，三代以上接近兼用型荷斯坦牛的产奶量，约在 4000 千克以上，杂种牛既耐粗饲，又可使役，四代以上杂种牛经过横交固定、自群繁育可纳入中国荷斯坦牛品种。

4. 育种方向

长期以来，中国荷斯坦牛一直处在数量发展阶段，虽然每年都从国外大量进口公牛精液进行改良，但淘汰率很低。今后应坚持质量优先，适度发展的原则。采取开放的育种手段，一方面继续从国外引种（主要是优秀种公牛精液），一方面加强国内培育（培育优秀种公牛），通过本品种选育不断提高中国荷斯坦奶牛的生产水平。同时，注意加强适应性的选育，特别是耐热、抗病能力的选育，重视牛的外貌结构、体质和长寿等性状选择，不断提高优良个体在牛群中的比例。

二、娟姗牛

娟姗牛属小型乳用品种，原产于英吉利海峡的娟姗岛。由于当地自然环境条件好，适于奶牛终年放牧，加之当地农民的精心选育，从而育成了性情温顺、体型轻小、乳脂率较高的乳用品种。现分布于世界各地。

1. 外貌特征

娟姗牛体格较小、清秀、轮廓清晰，具有典型的乳用型牛外貌特征。头小而轻，眼大而明亮，角中等长。胸深而宽，背腰平直，后躯发育好，四肢较细，关节明显。乳房发育良好，乳静脉粗大而弯曲。皮薄骨细，被毛细短而有光泽，毛色由银灰至黑色，以栗褐色最多。鼻镜、舌及尾帚等部位为黑色，鼻镜上部及眼睛周围有浅灰色毛圈（图 5-4）。

图 5-4 娟姗牛（母）

成年公牛平均体重为650～750 千克，母牛为 340～450 千克；成年母牛体高为 120～122 厘米，体长 130～140 厘米；犊牛初生重为 23～27 千克。

2. 生产性能

娟姗牛单位体重产奶量高，乳汁浓厚，乳脂肪球大，易于分离，风味好，适于制作黄油，其鲜奶及乳制品备受欢迎。平均产奶量为 3000～4000 千克，乳脂率为 5%～7%，为世界乳牛品种中乳脂产量最高的一种。

3. 杂交改良效果

娟姗牛成熟较早，具有耐热和乳脂率高等优点。世界上不少国家引入后，除进行纯种繁育外，用该品种同乳脂率低的品种进行杂交，改良当地乳牛的含脂率，取得了良好的效果。我国有少量引入，用于改善牛群的乳脂率和耐热性能。

三、西门塔尔牛

西门塔尔牛原产于瑞士阿尔卑斯西北部山区，因以西门塔尔平原牛最为著名而得名。在原产地该品种分乳肉兼用和肉乳兼用两类，因其兼具产肉和产奶且生产性能高而被各国先后引入，现已遍及世界各地。

1. 外貌特征

西门塔尔牛为大型品种，毛色以黄白花和红白花为主。白头，黄眼圈，身躯常有白色胸带和肷带，腹部、尾梢、四肢在飞节和膝关节以下为白色（图 5-5、图 5-6）。

图 5-5　西门塔尔牛（公）

图 5-6　西门塔尔牛（母）

2. 生产性能及用途

在瑞士和欧洲许多国家，乳肉兼用型西门塔尔牛年平均产乳量在 4500 千克以上，乳脂率 4.0%。该品种在我国表现也十分良好，各胎次平均产奶量达 4418 千克，乳脂率为 4.0%～4.2%，乳蛋白率为 3.5%～3.9%。

3. 杂交改良效果

该品种最早于 20 世纪初引入我国内蒙古呼伦贝尔草原，现主要分布于东北和中原各省区，对我国三河牛和科尔沁牛品种的育成及中原黄牛的改良起到了重要作用。

四、瑞士褐牛

瑞士褐牛原产于瑞士阿尔卑斯山东南部，为乳肉兼用型品种。

1. 外貌特征

瑞士褐牛于19世纪80年代以当地品种经培育育成，之后输出世界各地，美国、加拿大、俄罗斯、德国、奥地利均有饲养。该品种全身毛色为褐色，深浅因分布及个体不同而异。共同特征是鼻、舌为黑色，在鼻镜四周有一浅色或白色带，角尖、尾尖及蹄为黑色（图5-7）。

图5-7 瑞士褐牛（母）

2. 生产性能及用途

在瑞士本国及美国、加拿大、俄罗斯、德国等国，该品种平均单产4000～6000千克，乳脂率3.6%～4.0%。该品种适应性能良好，乳用型明显，适合机器挤奶，很多地区均可饲养，抗病力强，饲料报酬高。

3. 杂交改良效果

20世纪50年代至20世纪70年代，我国新疆地区大量引进该品种，与当地哈萨克牛进行杂交，培育了我国西部著名的乳肉兼用品种——新疆褐牛，对我国新疆乳业的发展起到重要作用。

以上简要介绍了世界上四个著名的乳用或乳肉兼用奶牛品种，其中由于荷斯坦奶牛产奶量高，品种历史悠久，成为各国饲养量最大的品种。在我国，中国荷斯坦奶牛占奶牛总数的60%以上，比例还有逐年增大的趋势，因此，广大奶牛饲养者在选择奶牛品种时应将中国荷斯坦奶牛作为首选，其他品种视市场情况，适度发展。

第二节 奶牛饲养标准及营养需要

一、奶牛饲养标准

奶牛饲养标准是根据奶牛年龄、性别、体重、产奶性能和不同的生理状态等条件，通过实验测定和实践总结制定的一头牛每天所需营养物质的种类和数量的标准文件。其内容包括两个部分：①奶牛每头每日营养需要量或供给量或推荐量；②与其营养需要相对应的奶牛常用饲料营养价值表。由于各国奶牛饲养的历史环境、养殖的奶牛品种以及饲养方式有很大不同，因此饲养标准的制定也有较大差异。另外，随着经济的发展和科学技术的进步，养殖业向着更为科学和精细的方向不断迈进，大量的基础实验数据不断更新和积累，饲养标准的内容在不断丰富，加速了对旧标准补充和修订的进程。例如，我国《奶牛营养需要和饲养标准》于 2007 年已出版了第三版，与此前的标准版本比较，新版本仍采用营养需要量或供给量，但增加了小肠可消化粗蛋白质的赖氨酸及蛋氨酸平衡、常量矿物质元素的需要、微量元素的需要、脂肪营养、碳水化合物营养等内容，更新了营养需要表和饲料成分与营养价值表；美国 NRC《奶牛营养需要》于 2001 年出版了第七次修订版，该标准采用推荐量，其中包括了小型和大型奶牛不同生理时期的营养需要，反映了当今美国奶牛营养科学的最新动态和成果。

奶牛饲养标准反映了奶牛在自然健康状态下维持生存和生产对饲料及营养物质的客观需求，它是乳牛生产中有计划地组织饲料生产供应、设计饲料配方、调整饲粮结构，实现乳牛标准化饲养的根本依据。因此在饲养实践中，奶牛饲养者必须参照执行。另一方面，由于地区资源、经济水平、奶牛饲养方式、饲养规模、饲养管理水平的差异，也不能对饲养标准完全公式化地套用。经济条件不同的地区或奶牛场（户）可根据本地区或本奶牛场的实际情况选用不同版本的饲养标准，灵活运用。奶牛的营养需要也要随奶牛体况、产奶水平、季节以及当地饲料种类和价格的变化而不断调整。

二、奶牛营养需要

奶牛营养需要包括两个层面的含义：①按奶牛生理需要划分，包括维持、产奶、繁殖、增重等方面的需要，在这方面不同生理阶段的奶牛有着明显的区别，这也是现代奶牛分群分阶段饲养的基本依据；②按每日提供给奶牛的营养划分，包括水、干物质、能量、蛋白、纤维、矿物质、维生素等需要，这些营养成分所有的奶牛都需要，这是奶牛标准化饲养和精细饲养水平的主要体现。每个生理时期都要提供全价的营养物质，每种营养物质的供给要考虑不同时期奶牛的生理需要。

（一）从单个营养成分供给的角度提出的奶牛营养需要

1. 水的需要

水是奶牛需要量最大、最为重要但又常常被人们忽视的营养物质之一，生命的所有过程都离不开水。其作用为：①水是奶牛体组织必要的组成成分，可维持奶牛体内细胞、组织、器官正常的结构、形态和功能，奶牛身体的74%左右是水；②水是奶牛采食饲料及体内营养物质在细胞内外的转运、养分的消化代谢、废弃物通过尿粪和汗水排出的载体和润滑剂；③水是维持体内渗透压、离子平衡、pH值，调节体温，保持生物体内酶促反应和代谢顺利进行的调节剂；④水是牛奶的组成成分，牛奶中87%左右都是水。因此饮水不足奶牛产奶量就会下降，就会罹患疾病、消瘦，甚至死亡。水在牛体内应保持动态平衡，机体的水通过泌乳、排尿、排粪、排汗和呼吸蒸发而损失，又通过饮水、采食饲料和机体内代谢水的重吸收得到补充。奶牛每天的需水量受体重、干物质摄入量、产奶量、气温和食盐摄入量的影响。奶牛的饮水量如表5-1。

在饲养实践中，通常水与其他营养成分分开考虑，日粮中各种饲料的含水量差别较大，例如青草含水量可达80%～85%，而大部分精饲料含水量则只有10%左右。虽然如此，但奶牛对水的摄取不会有大的问题，因为奶牛可以自我调节饮水量。一般情况下，泌乳奶牛每摄入1千克饲料干物质需要饮水3.5～5.5千克，平均

表 5-1 各种气温条件下奶牛的饮水量 千克

产奶量/(千克/天)	0℃	15℃	30℃
0	37	46	62
10	47	65	83
20	63	81	99
30	77	95	113
40	91	109	127

为4.5千克。气温较高时，取上限计算。饮水供应首要在质，饮水质量对奶牛健康和无公害牛奶的生产起着决定性的作用，其影响甚至超过量的供应，因此必须给予高度重视。在欧美某些发达国家，奶牛饮水质量与人的生活饮用水质量执行同一标准。在我国，奶牛饮水质量必须符合《无公害食品——畜禽饮用水水质标准》（NY 5027—2001）的规定。

2. 干物质需要

干物质是饲料除去水分后剩余的部分，它不是单一的营养成分，而是一个综合营养概念。其能量物质、蛋白、矿物质和微量元素、维生素等营养都存在于饲料干物质中，因此奶牛每天必须采食足够的干物质以满足不同的营养需要（维持、产奶、妊娠、增重）。奶牛对干物质采食量（DMI）受体重、产奶量、泌乳期、日增重、饲料质量及气温的影响，同时直接受奶牛食欲和日粮能量水平的制约。一般奶牛在泌乳早期由于食欲较差而对干物质的采食不足，常常因营养尤其是能量供应负平衡而逐渐消瘦，这时应该通过增加日粮精料比例或日粮营养浓度，提高日粮营养水平来缓解；而在干奶期，奶牛食欲大增，常常因营养过剩而变得过肥，这时应加大粗料比例，适当降低日粮营养浓度。因此，奶牛在不同的生理时期，其精粗饲料组成和干物质需要是不同的。

《中国奶牛饲养标准》（第三版）规定，奶牛饲料干物质采食量按以下公式计算。

① 泌乳牛适于偏精料型日粮（精粗比 60∶40）

$$\text{DMI}(千克)=0.062W^{0.75}+0.40Y$$

② 泌乳牛适于偏粗料型日粮（精粗比 45∶55）

$$\text{DMI(千克)} = 0.062W^{0.75} + 0.45Y$$

式中，W 为奶牛体重，千克；Y 为标准乳（FCM，乳脂率为4%的牛奶），千克。

③ 干奶母牛在日粮产奶净能浓度 5.23 兆焦/千克干物质情况下，其 DMI 按每 100 千克体重 1.55～1.66 千克计算。

新饲养标准同时指出，以上计算公式不适用于秸秆等低质粗饲料的日粮。尤其是我国农村奶牛专业户常用去穗玉米青秸秆进行青贮作为主要粗饲料，玉米青秸秆干物质的采食量平均仅为 0.9 千克/100 千克体重，进食的玉米青秸秆的能量只相当于维持所需能量的50%，从而导致精饲料喂量过多。精料每千克可生产出 0.4651 千克标准乳，因此，日粮干物质进食量要采用以下公式计算：

$$\text{日粮干物质进食量(千克)} = 0.065W^{0.75} + 0.136Y + 0.626C$$

式中，W 为奶牛体重，千克；Y 为标准乳（FCM，乳脂率为4%的牛奶），千克；C 为精料量，千克。

对于广大奶牛饲养者而言，利用以上的计算公式计算似乎不大方便，建议大家准确称量和测定自己牛群的体重和产奶量等性能指标，深入了解奶牛妊娠、日增重等情况，然后根据奶牛体重（维持需要）和产奶量（产奶需要）直接在我国《奶牛营养需要和饲养标准》中查表计算，就可求得奶牛每天对饲料干物质的需要量。

此外，也可根据奶牛生长或产奶阶段，参考我国《高产奶牛饲养管理规范》（1985）来确定。将奶牛干物质采食量用占体重的百分比来表示，一般地妊娠干奶牛干物质采食量最低，约为体重的2%；泌乳盛期奶牛干物质采食量较高，为 3.5%，但最大量通常不超过体重的 4%。根据美国 NRC 标准，也可直接查阅下表参考（表 5-2）。

3. 能量需要

能量并非一种物质概念，但它是动物维持生命基础代谢和泌乳、生长、繁殖等活动首要的营养指标。它蕴藏在淀粉、纤维、脂肪、蛋白等营养物质当中，在这些物质被分解时释放出来。饲料营养物质在体内的代谢、运输、转化离不开能量，动物体组织的更新、乳汁合成、生长、发育、妊娠、运动等更离不开能量。

表 5-2 奶牛每天干物质摄入量 千克

产奶量/(千克/天)	不同奶牛的体重/千克			
	400	500	600	700
	非妊娠奶牛维持基础代谢			
0	5.7	6.8	7.8	8.7
	干奶期妊娠奶牛			
0	7.4	8.8	10.1	11.3
	泌乳中期和后期奶牛			
2	7.0	8.1	8.9	10.0
4	8.2	9.2	9.9	11.0
6	9.4	10.3	10.9	12.0
8	10.5	11.4	12.0	12.9
10	11.7	12.5	13.0	13.9
12	12.6	13.3	13.9	14.7
14	13.5	14.2	14.7	15.5
16	14.3	15.0	15.5	16.2
18	15.1	15.8	16.2	17.0
20	15.9	16.6	17.0	17.7
22	16.6	17.3	17.7	18.4
24	17.3	18.1	18.5	19.1
26	18.0	18.8	19.2	19.8
28	18.7	19.4	19.8	20.5
30	19.3	21.1	20.5	21.1
32	19.9	20.7	21.2	21.8
34	20.5	21.4	21.8	22.4
36	21.1	22.0	22.4	23.0
38	21.6	22.5	23.0	23.6
40	22.2	23.1	23.6	24.2
42	—	24.9	24.4	24.8
44	—	25.8	25.3	25.3
46	—	—	26.2	25.9
48	—	—	27.0	26.7
50	—	—	27.9	27.5
52	—	—	—	28.3
54	—	—	—	29.1
56	—	—	—	—
58	—	—	—	—

我国奶牛饲养标准过去采用奶牛能量单位，以 NND 表示。1NND 为生产 1 千克含脂率 4％的标准乳所需的能量。现标准（2007）规定采用净能体系（NE），能量单位为千卡、千焦或兆焦。1NND＝750 千卡＝3.138 兆焦。其中成年奶牛对能量的需要包括维持、产奶、妊娠、增重的能量需要。

（1）维持净能需要（NEm）　指奶牛在舍饲 18℃拴系饲养条件下，保持清醒、体重不变时所需要的能量。其维持净能需要（NEm）[千卡/(头·日)]＝$70W^{0.75}$（千克）。对逍遥运动可在此基础上增加 20％；奶牛第一泌乳期能量需要在维持基础上增加 20％，第二泌乳期增加 10％，第三胎以上不再增加。

（2）产奶净能需要（NEL）　产奶的能量需要就是产奶净能的需要量，国际上通常采用牛奶成分与能量含量的回归公式进行计算。

① y＝342.65＋99.26×乳脂率

② y＝179.26＋92.73×乳脂率＋39.19×乳蛋白率＋13.15×乳糖率

③ y＝－39.72＋59.55×乳总干物质率

④ y＝92.9×乳脂率＋54.7×乳蛋白率＋39.5×乳糖率（NRC，2001）

y 为每千克奶的能量（千卡），其中第①式最为简便。

一般情况下，按每生产 1 千克含脂率 4％的标准乳所需的能量 750 千卡计算，即 1NND。但由于高产奶牛的饲料能量转化效率趋于下降，故日产奶 40 千克以上的每千克奶净能需要可再增加 6％，即每千克标准乳需 1.06NND。

（3）成年母牛增重的能量需要　即奶牛增重沉积的能量。当产奶母牛日粮的能量不足时，母牛往往动用体内贮存的能量去满足产奶的需要，结果体重下降；反之，当日粮能量过多，多余能量在体内沉积，体重增加。成年母牛体重增加时每增重 1 千克体重需要增加 6 兆卡即 8NND 产奶净能；而当体重下降时，产奶的利用率仅为 0.82，故每减少 1 千克体重相应产生 4.92 兆卡即 6.56NND 产奶净能（应从饲料中扣除）。

由于采用奶牛能量单位，我们可以简单地对一头奶牛能量需要进行估算。例如，1头600千克的奶牛，在未孕不产奶的情况下，维持需要为13.73NND，其每日所消耗的饲料能量相当于生产13.73千克标准奶的能量；如果每日再生产标准奶20千克，则产奶需要为20NND。这样该奶牛在体重不变的情况下维持加产奶的每日能量总需要量便是33.73NND。

(4) 妊娠的能量需要　在奶牛妊娠的第6、第7、第8、第9个月时，每天在维持需要基础上增加1.00兆卡、1.70兆卡、3.00兆卡和5.00兆卡产奶净能。

(5) 生长母牛的能量需要

生长母牛的维持净能需要 (NEm)(兆焦)$=277.5W^{0.53}$ (千克)

在此基础上增加10%的自由活动量便是维持需要量。

生长母牛的增重净能需要 (NEg)(兆焦)$=\Delta W\times(1.5+0.0045\times W)\div(1-0.30\times\Delta W)\times4.184$

式中，ΔW 为日增重，千克；W 为体重，千克。

4. 蛋白质需要

蛋白质是由许多种氨基酸组成的，它是构成细胞、血液、骨骼、肌肉、抗体、激素、酶、乳、毛及各种器官组织的主要成分，对生长、发育、繁殖及各种器官的修补都是必需的，是生命活动必需的基础养分，是其他养分不能代替的。因此，在饲养中，蛋白质应保证供给，特别是处在生长期的幼牛和产奶母牛更应充分满足。我国奶牛营养以前采用的是粗蛋白或可消化蛋白体系，2007年的《奶牛营养需要和饲养标准》(第三版) 提出了小肠蛋白质营养新体系。为便于新旧标准的过渡，新标准中同时列出可消化粗蛋白质和小肠可消化粗蛋白质需要量。

小肠蛋白质＝饲料瘤胃非降解蛋白质(RUP)＋瘤胃微生物蛋白质

饲料瘤胃非降解蛋白质(RUP)＝饲料蛋白质－饲料瘤胃降解蛋白质(RDP)

小肠可消化蛋白质＝(RUP＋瘤胃微生物蛋白质)×小肠消化率

同样，奶牛对蛋白质需要也包括维持、产奶、生长和妊娠四个方面。

(1) 维持的蛋白质需要

产奶牛在自由运动的情况下，各类蛋白质需要量计算公式如下：

粗蛋白(CP)[克/(头·日)]=4.6 克×$W^{0.75}$(千克)

产奶牛可消化粗蛋白质(DCP)[克/(头·日)]=4.2 克×$W^{0.75}$(千克)

产奶牛小肠可消化蛋白质[克/(头·日)]=3.5 克×$W^{0.75}$

200 千克以下育成牛可消化粗蛋白质[克/(头·日)]=2.5 克×$W^{0.75}$

200 千克以下育成牛小肠可消化蛋白质[克/(头·日)]=2.2 克×$W^{0.75}$

式中，W 为奶牛体重，千克。

(2) 产奶的蛋白质需要　产奶的蛋白质需要量取决于奶中的蛋白质含量。国内根据奶牛的氮平衡试验得出，可消化粗蛋白质用于奶蛋白的平均效率为 0.6，小肠可消化蛋白质的效率为 0.65。所以：

产奶的可消化粗蛋白质需要量=牛奶的蛋白质量/0.6

产奶的小肠可消化粗蛋白质需要量=牛奶的蛋白质量/0.65

一般情况下，每千克标准奶也可按 85 克粗蛋白计算，或按 55 克可消化粗蛋白计算，或按 41 克小肠可消化粗蛋白计算。

(3) 成年母牛增重蛋白质需要　在维持基础上，每增重 1 千克需要 320 克 CP。而每减重 1 千克则可提供 320 克 CP 用于产奶。

(4) 妊娠后期蛋白质需要　在维持基础上，妊娠第 6、第 7、第 8 和第 9 个月母牛，可消化粗蛋白增加量每头每日分别为 50 克、84 克、132 克和 194 克；小肠可消化粗蛋白增加量分别为 43 克、73 克、115 克和 169 克。

5. 常量矿物质元素需要

矿物质可分为常量元素和微量元素两类。常量元素包括钙(Ca)、磷 (P)、钠 (Na)、氯 (Cl)、钾 (K)、镁 (Mg)、硫 (S) 等，它们在饲料、牛奶和奶牛体内的含量相对较大，计量大时用克表示，配合日粮时用百分比。

(1) 钙与磷

① 钙与磷的吸收　反刍动物对钙和磷的吸收主要在前胃和真胃，部分经十二指肠和空肠吸收。钙、磷的吸收因奶牛年龄和泌乳

阶段不同而有所不同。犊牛对钙的吸收最高可达98%，而老龄牛最低（仅22%）。相反，成年奶牛瘤胃微生物可以产生大量的植酸磷而被吸收利用，犊牛却因瘤胃发育功能不全不能充分吸收。

② 钙、磷的需要量

奶牛维持的钙需要量(克/日)＝体重(千克)×0.06或每百千克体重补钙6克

产奶牛钙的需要量建议采用NRC（2001）的标准，每千克4%标准乳补钙3.2克。

奶牛维持的磷需要量(克/日)＝体重(千克)×0.04或每百千克体重补钙4.0克

产奶牛磷的需要量建议采用NRC（2001）的标准，每千克4%标准乳补磷2克。

妊娠对钙、磷的需要量。妊娠的最后3个月可以适当增加钙、磷的供给量。考虑钙、磷的吸收率，妊娠第7、第8、第9三个月分别需要补钙9.7克、18.8克和23.9克，补磷3.8克、6.2克和9.4克。另外，在满足各自需要量的同时，钙和磷在奶牛日粮中还应有一个适宜的比例，一般为（1～2)∶1。

（2）镁　泌乳母牛对镁的维持需要为3.12克/100千克体重，每产1千克乳需镁0.75克。

（3）钠和氯　在日粮中常以食盐的形式补充。维持需要按体重计算，每100千克体重给3克，每产1千克乳脂4%的牛奶给1.2克。在奶牛全混合日粮中，可按干物质的0.46%或精饲料的1%补充食盐，可以满足奶牛对钠和氯的需要。

（4）钾　在粗饲料充足多样的情况下奶牛日粮缺钾的可能性很低，无需额外补充。日粮干物质含钾1%时即可满足需要，但在热应激时，日粮钾增加到1.5%时，能够获得最佳产奶量。

（5）硫　泌乳母牛对硫的需要一般为日粮干物质的0.2%。

6. 微量元素需要

微量元素包括铁（Fe)、铜（Cu)、钴（Co)、锰（Mn)、锌(Zn)、碘（I)、硒（Se）等，它们在饲料、牛奶和动物体中的含量甚微，但作用较大。

铁：奶牛对铁的需要量为每千克日粮干物质含铁 50 毫克。奶牛对铁的耐受性很高，但高铁日粮会影响铜和锌的吸收。

铜：日粮中铜的需要量为每千克干物质含铜 10～15 毫克。

钴：日粮中钴的需要量为每千克干物质含钴 0.1 毫克。

锰：奶牛对锰的需要量为每千克日粮干物质含锰 50 毫克。

锌：奶牛对锌的需要量为每千克日粮干物质含锌 50 毫克。

碘：奶牛对碘的需要量为每千克日粮干物质含碘 0.2 毫克。

硒：奶牛对硒的需要量为每千克日粮干物质含硒 0.1 毫克，硒具有毒性，奶牛最大耐受量为每千克日粮干物质含硒 0.5 毫克。

7. 维生素需要

奶牛同其他家畜一样，在正常代谢过程中也需要各种维生素，然而奶牛瘤胃微生物和体组织可合成多种维生素，如 B 族维生素、维生素 K 和维生素 C，能满足牛体本身的需要；维生素 D 可以完全或部分合成；维生素 E 形成数量有限，一般成年牛不易出现维生素 E 的缺乏症，在冬季舍饲期如长期喂饲劣质干草、秸秆及芜菁等根茎饲料，会造成维生素 E 的缺乏症；牛体不能合成维生素 A，无论成年牛或是犊牛都需要从饲料中摄取。

（1）维生素 A 与胡萝卜素　每 100 千克体重应从饲料中获得不低于 18～19 毫克的胡萝卜素或 7400 国际单位维生素 A；如以奶牛日粮计算，需要添加维生素 A 的数量为每千克日粮干物质 3200～4000 国际单位。

（2）维生素 D　奶牛日粮中需要添加维生素 D 的数量为每千克日粮干物质 1000 国际单位。

（3）维生素 E　犊牛对维生素 E 的最低需要量为每头每天 40 毫克，每千克代乳料中应含有 300 毫克，高产乳牛每头每天给予 300～500 毫克维生素 E。

8. 饲料纤维需要

饲料纤维的分析指标主要是粗纤维（CF）、中性洗涤纤维（NDF）和酸性洗涤纤维（ADF）。其中 NDF 对奶牛的营养作用和生理功能最为重要。①NDF 是奶牛能量和脂肪合成的前体，可提高乳脂率。②可以促进奶牛反刍，保持瘤胃环境的稳定和瘤胃功能的正常，保证奶牛健康。③可以使奶牛产生饱食的感觉，对提高产奶量和奶质有利。

一般地，长的饲草中含中性洗涤纤维较多，各阶段牛都应充分利用。对高产奶牛，泌乳早期日粮中的粗纤维应不少于17%，NDF不低于25%，ADF不低于19%。干奶牛和生长牛粗纤维不低于20%，NDF和ADF分别不低于21%和33%。断奶后至6月龄以内的犊牛不要饲喂过多的纤维，但也应不少于13%。

（二）从奶牛生理需要角度出发提出奶牛营养需要

为了叙述的简单，在此仅引用了《奶牛营养需要和饲料成分》(2007，第三版）中部分奶牛营养需要表，供参考应用。

1. 成年母牛维持的营养需要（见表5-3）

表5-3　成年母牛维持的营养需要

体重/千克	日粮干物质/千克	奶牛能量单位/NND	产奶净能		可消化粗蛋白/克	钙/克	磷/克	维生素A/国际单位
			/兆卡	/兆焦				
350	5.02	9.17	6.88	28.79	341	21	16	15000
400	5.55	10.13	7.60	31.80	377	24	18	17000
450	6.06	11.07	8.30	34.73	432	27	20	19000
500	6.56	11.97	8.98	37.57	446	30	22	21000
550	7.04	12.88	9.65	40.38	479	33	25	23000
600	7.52	13.73	10.30	43.10	511	36	27	26000
650	7.98	14.59	10.94	45.77	542	39	30	28000
700	8.44	15.43	11.57	48.41	573	42	32	30000
750	8.98	16.24	12.18	50.96	605	45	34	32000

注：1. 对第一个泌乳期的维持需要按上表基础增加20%，第二个泌乳期增加10%。

2. 如第一个泌乳期的年龄和体重过小，应按生长的需要计算实际增重的营养需要。

3. 放牧运动时，须在上表基础上增加能量需要量。

4. 当环境温度低时，须在上表基础上增加能量需要量。

5. 泌乳期间，每增重1千克体重需增加8NND和325克可消化粗蛋白质；每减重1千克体重需扣除6.56NND和250克可消化粗蛋白质。

2. 每产 1 千克牛奶的能量、维生素 A 和钙磷的需要（见表 5-4）

表 5-4　每产 1 千克牛奶的能量、维生素 A 和钙磷的需要

乳脂率/%	日粮干物质/千克	奶牛能量单位/NND	产奶净能		钙/克	磷/克	维生素 A/国际单位
			/兆卡	/兆焦			
2.5	0.30～0.35	0.80	0.60	2.51	3.2	1.6	375
3.0	0.34～0.38	0.87	0.65	2.72	3.5	1.7	450
3.5	0.37～0.41	0.93	0.70	2.93	3.7	1.8	525
4.0	0.40～0.45	1.00	0.75	3.14	4.0	2.0	600
4.5	0.43～0.49	1.06	0.80	3.35	—	—	675
5.0	0.46～0.52	1.13	0.84	3.52	—	—	750
5.5	0.49～0.55	1.19	0.89	3.72	—	—	825

3. 每产 1 千克牛奶的蛋白质需要（见表 5-5）

表 5-5　每产 1 千克牛奶的蛋白质需要

乳蛋白率/%	可消化粗蛋白质/克	
	日产奶<30 千克	日产奶>30 千克
3.0	50.0	52.6
3.2	53.3	56.1
3.4	56.7	59.6
3.6	60.0	63.2

注：每产 1 千克牛奶的可消化粗蛋白质需要，对日产奶 30 千克以下为乳蛋白量/0.60，对日产奶 30 千克以上为乳蛋白量/0.57。

第三节　影响奶牛营养需要的因素

奶牛的营养需要受多方面因素的影响。首先，奶牛的营养需要与奶牛自身的遗传特性、年龄、生理阶段和生产性能有着密切的关系；其次，奶牛的营养需要也受日粮组成、饲料加工、饲养方式、环境条件、气候状况等因素的影响。

一、奶牛因素

（一）遗传因素（品种与个体）

任何一个奶牛品种都是在特定的饲养模式和生态条件下经过长

期自然选择和人工培育而形成的。奶牛品种不同，其采食习性、身体结构乃至内部生理生化代谢过程也存在一定差异，最终表现在产奶量和奶成分也不一样，因此不管维持需要还是产奶需要都存在较大差异。即便是同一品种，由于遗传素质不同，个体体型和产奶性能也存在较大差异。这种品种和个体之间的差异是奶牛科学饲养和配合日粮的基础。

（二）生理因素

1. 年龄与胎次

以中国荷斯坦牛为例，其后备牛在不同年龄阶段体重不同，瘤胃发育程度和消化代谢特点不同，因而对营养的需求也不同。2 个月龄以内尚未断奶的犊牛，由于瘤胃没有充分发育，主要以哺乳获取营养，草料作为开食补充之需。3 个月龄以后，随着瘤胃的发育和不断完善，逐渐由植物性饲料将牛奶取而代之，饲草和饲料的供给应当满足奶牛体重的变化和日增重要求。

中国荷斯坦牛一般在 2～2.5 岁时产第一胎并开始产奶，此时其身体仍在发育中；之后，随着胎次的增加，机体逐渐发育成熟，产奶量也随之增加而达到高峰；随后产奶量又随着机体的衰老而逐渐下降。一般而言，母牛第一胎产奶量相当于第五胎产奶量的 70%；第二胎产奶量相当于第五胎产奶量的 80%；第三胎产奶量相当于第五胎产奶量的 90%；第四胎产奶量相当于第五胎产奶量的 95%。因此，年龄与胎次不同，产奶性能不同，其营养需要不同。

2. 泌乳阶段

在一个生产周期中，成年奶牛要经历泌乳高峰期、泌乳中期、泌乳后期到干奶期、围产期等五个阶段。其产奶并非均匀一致，而是一个由不产奶到产奶，由低到高再由高到低，最后又停止产奶的过程。因此，不同的泌乳时期有不同的营养需要。同时妊娠状况也对营养需要有一定影响。

3. 奶牛体况

在奶牛的生产周期中，奶牛的体重变化也参与产奶和代谢的调节。例如泌乳高峰期奶牛会主动分解部分体组织用于产奶，从而导致体重下降；而处于干奶期的奶牛则会将多余的营养囤积起来导致膘情和体重的增加。处于不同阶段的奶牛应该有一个相对合理的体况，以保证奶牛的健康。但是日常生产中，由于营养的失常或管理的不善常常会导致某些奶牛或一群奶牛体况偏离或远离标准的情况。为此，饲养者会有意地改变奶牛干物质和营养的供应，来增加或减少奶牛的体重，维持体况的正常。

二、饲养管理因素

（一）饲草饲料

1. 饲草质量

粗饲料的种类和收获时期直接影响其营养含量和奶牛采食时的适口性，青贮、氨化、烘干、晾晒等不同的加工贮存的方式和贮存期长短也会决定奶牛采食时的粗纤维含量和物理状态，从而通过影响奶牛对日粮干物质的采食量和消化率最终影响奶牛对粗饲料的需要量。

2. 饲料加工

精饲料的加工如蒸汽压片、水浸、焙炒、发酵、糊化、包被等可以改变饲料本身的消化特性，玉米等通过蒸汽热加工可使饲料易于消化并带有特殊香味而提高奶牛的食欲；大豆、棉籽等饲料通过焙炒可提高奶牛过瘤胃营养的供应；混合精料通过发酵可消除某些消化抑制因子或有毒物质从而提高其消化利用率，进而可以影响饲料营养的需要量。

（二）饲养管理

1. 饲养方式

从世界范围来看，奶牛的饲养方式有多种，如有以新西兰、澳大利亚为代表的放牧饲养方式，也有以丹麦、荷兰等国为代表的放牧加补饲饲养方式；有以前苏联为代表长期舍饲的拴系饲养方式，也有以美国、加拿大为代表的现代化散栏舍饲方式。这些方式各具特色，由各国根据自己的国情和气候特点经过长期实践选择而形成，分别适用于不同国家奶业的发展。我国地域辽阔，东西南北地理气候和农作物饲料资源差异较大，奶业经济发展极不平衡，因此上述各种饲养方式在我国均可找到。例如，内蒙古、新疆、西藏等北方牧区由于拥有广大草原，且牧民有长期放牧的习惯，仍采取放牧或放牧加补饲方式饲养；广大农区和城市近郊奶牛养殖已经摆脱3～5头拴系饲养或散养的庭院经济阶段，逐步步入现代化的适度规模经营，饲养模式主要采取散栏舍饲方式。

不同饲养方式条件下，奶牛得到饲草饲料的机会和时间不同，饲粮种类、饲喂次序、饲喂频率和奶牛与饲料接触的时间等都会影响奶牛的干物质采食量和营养摄取。

(1) 放牧饲养　放牧情况下，奶牛得到粗草的机会增多，而得到精饲料的机会减少，奶牛干物质采食量和各种营养取决于放牧的季节和牧草的生长状况；此外，受奶牛群体社会等级地位不同，奶牛干物质采食量和营养获取也将受一定影响。

(2) 拴系舍饲　拴系舍饲是我国较早使用的传统饲养模式，对广大农区或牧区散养农户和百头以下规模较小的牛场仍然适用。在拴系饲养条件下，奶牛除了活动在运动场上外，其饲喂、挤奶、休息等均在牛舍内进行，每头牛都有固定的牛床，并利用颈枷或绳索将牛拴系于牛槽上。该饲养模式的优点是便于手工挤奶、配种、兽医治疗，并能实现对高产奶牛的特殊照顾，充分发挥奶牛的高产潜力。缺点是生产工艺落后，技术水平和劳动生产率低，牛奶质量难以保障。在传统拴系舍饲条件下，一般采取的是精料和粗料分开饲喂的方式，奶牛一日三餐得到草料的时间受到限制。

(3) 散栏舍饲　散栏舍饲是现代先进的饲养方式。该方式按生活区、管理区、生产区和粪污处理区依次布局，将人的生活区和奶牛的生产区、日常管理和饲料贮藏加工、牛奶生产和粪污处理分开，生产区建设则是将净道（饲料分送通道）和脏道（奶牛和清粪通道）分开，将奶牛的采食区、休息区、挤奶区分开，建设全混合日粮（TMR）饲喂走廊专供奶牛采食，建设自由牛床专供奶牛休息，建设现代化挤奶厅专供奶牛挤奶，建设运动场专供牛自由活动。其优点是便于实现标准化生产，集约化管理，利用现代技术和装备大幅度提高劳动生产率和牛奶质量，降低乳房炎等疾病发病率。这种方式已经被国内新兴的规模化奶牛场和奶牛小区广泛采用。在现代散栏舍饲条件下，奶牛一般按阶段合理分群，采用TMR配方和全天候供料体系，奶牛自由取食，因此可以最大限度提高奶牛干物质采食量。

2. 饲喂工艺

当前规模化奶牛场普遍推行的全混合日粮（TMR）体系，它改变了传统的精粗饲料分饲的习惯。TMR的优点在按照奶牛营养需要标准科学设计全价日粮配方，并通过专门的搅拌设备将精粗饲料充分搅拌、混合，提高饲料的适口性，并使奶牛每采食一口都是营养全价的饲料，从而提高了奶牛对干物质的采食量和利用率，最终提高了奶牛的健康水平和生产性能。奶牛产奶性能的提高反过来会影响奶牛对各种营养的需要量。

但是在TMR制备和供应的过程中，不可忽视的问题是TMR的水分含量、颗粒大小、精粗比例以及中性洗涤纤维的含量等均会影响奶牛的TMR干物质采食量。一般而言，当饲粮水分超过50%时，饲粮干物质采食量会随水分含量增加而下降。饲料中NDF含量可以确定干物质采食量的上限和下限。在饲喂高含量NDF饲粮时，瘤胃充满程度直接限制

干物质采食量；但在饲喂低含量NDF饲粮时，高能饲料的采食量反馈机制会限制干物质采食量。饲料的精粗比例会影响NDF的含量高低，也会影响饲料在瘤胃的消化率和外流速度，还会左右瘤胃乙酸、丙酸和丁酸的比例。在精料水平还未达到60%时，提高精饲料水平可以相应提高日粮干物质采食量。此外，饲粮脂肪含量也影响干物质采食量。

三、环境因素

环境因素包括许多方面，但对奶牛营养需要有较大影响的因素主要有环境温湿度和采食空间。

1. 环境温湿度

目前世界上饲养的主要奶牛品种是荷斯坦牛，该品种的特性是

喜凉怕热，高温高湿对产奶量有严重的负面影响。母牛产犊季节不同，其泌乳高峰期所处的环境温度不同，因而对整个泌乳期产奶量的影响程度不同。对产奶量而言，以冬季和早春产犊最好，春秋季次之，最不好的季节是夏季（7 月份、8 月份）。高温直接影响奶牛的食欲和产奶水平，降低对饲料营养的需要。季节因素不仅影响奶牛的生产和采食量，而且季节通过改变饲料的供应（主要是青粗饲料）而影响奶牛的产奶量和营养需要。

2. 采食空间

采食空间与奶牛饲养的密度有关。如在放牧饲养或散栏舍饲情况下牛群密度过大，采食空间或饲槽不足，会严重影响牛群的采食量。分群不合理，存在大欺小的情况时，奶牛的营养供给和需求平衡也会遭到破坏。

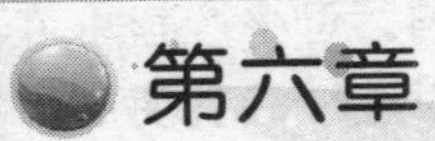

第六章

奶牛饲料的科学自配技术

第五章详细介绍了奶牛的品种、营养需要及其影响因素，目的是尽量使读者了解当前饲养的主要奶牛品种和奶牛科学饲养的理论，但具体到实践上，奶牛的饲养要落实到奶牛饲草饲料的生产、加工和供应链建设，日粮的科学配制与饲喂，饲养效果的科学检查等方面。

奶牛饲料是奶牛企业日常经营活动中最大的支出款项，约占企业全年总支出的60％～70％，因此历来受到奶牛饲养者高度重视。20世纪80年代以前，我国奶业经济以公有制经济为主体，隶属于国营农垦系统或农场管理局，其农牧结合非常紧密，奶牛场曾以自配饲料为主。随着改革开放和市场经济的不断发展，城镇化速度日益加快，国有农场种植业受到巨大冲击，奶牛场饲料基地日渐减少；90年代以来个体奶业经济蓬勃发展，但饲料的生产供应却没有紧随其上，虽然饲料工业发展迅速，但奶牛饲料的商业化生产和专业化经营却相当滞后。进入21世纪，奶牛养殖和饲料基地的矛盾进一步加剧，导致粗饲料资源严重短缺；商品精饲料的无序竞争也使得饲料质量安全令人担忧，饲养的风险成本持续增加。2008年9月发生的三聚氰胺事件，表明了饲料质量的不确定性和饲料市场隐藏的风险，这给广大奶牛养殖者敲响了警钟，也给奶牛场饲料的生产供应和全价饲料的配制提出了新的课题。

第一节　奶牛日粮配方的设计

一、奶牛日粮的概念及日粮配合的一般原则

奶牛日粮是指一头奶牛为了维持基础代谢、生长、繁殖和泌乳

等活动一昼夜内所需采食的各种饲料的总和。日粮从“纸上日粮配方”设计，到“实际日粮配方”生产，再到奶牛采食和合理性评价要经历一个复杂的过程。

奶牛的日粮配制是从个体奶牛的营养需要开始入手的，但对于一个规模化奶牛场来说，人们要想让每头牛都达到日粮营养平衡几乎是不现实的，一种日粮不可能让畜群中所有的奶牛都获得营养平衡，因此，日粮配方实际上是一个奶牛群体的平均概念。一般地将奶牛按生理时期和产量高低进行合理分群，然后为每群奶牛配制不同的营养平衡饲粮，以此避免高产奶牛饲喂不足而低产奶牛采食过量。同时，还要考虑当时饲料、牛奶的市场价格情况，以求在成本和效益之间取得平衡。总之，日粮的配合必须符合科学营养好、生产有实效、安全无公害和经济效益高四条基本原则。具体而言，日粮配合必须遵守以下原则。

1. 符合一定的奶牛饲养标准

奶牛饲养标准是为奶牛配合日粮的理论依据，一般来说，饲养标准有多个版本，版本越新，内容越丰富，涉及的指标和技术也更全面，因此配合日粮时越科学。例如中国《奶牛营养需要和饲料标准》（2000，第二版）、《奶牛营养需要和饲料成分》（2007，第三版）及美国 NRC 标准（2001，第七次修订版），一个比一个全面科学，但同时配制日粮时一个比一个要求高，对营养成分的计算也一个比一个复杂。对此，要根据当地饲料成分检测水平、饲草饲料资源和市场情况、牛群构成及生产水平等灵活掌握，选择适当的标准予以参考。一般地，日粮必须首先满足奶牛对能量和蛋白质的需要，其次是纤维素的需要。能量的实际供给量应不超过标准的±5%，蛋白质实际供给量不超过标准的±5%～10%，粗纤维的需要最低不能低于日粮干物质的15%。

2. 日粮组成要符合奶牛对干物质的采食能力

不同的饲料其水分含量、营养成分含量、物理性质、奶牛的适口性、消化率等都不相同，配合日粮时应予以综合考虑。不同生理时期的奶牛其干物质采食量略有不同，可参考饲养标准进行计算。日粮干物质的供应量要和奶牛干物质的采食量基本相当，日粮既要满足奶牛营养需要，让奶牛吃得好，又要让奶牛能吃得下、吃得饱。

3. 饲料组成要符合奶牛的消化生理特征，合理搭配

一般以青粗饲料为主体，满足奶牛的维持需要，而以精饲料满足奶牛的产奶需要，精粗比例要能满足奶牛瘤胃健康和高产的双重需要，矿物质、微量元素、维生素等添加剂则按精粗饲料种类进行补充，使其平衡，它们是整个日粮的增效剂。

4. 日粮组成要多样化

充分发挥各种饲料营养物质的互补作用，使适口性更好。

5. 饲草饲料尽量就地取材，以降低成本

饲料生产、购买、加工和使用应符合国家有关质量标准或规范。随着季节、气候和饲料产地的变化，饲料配方也应及时调整。

二、配合日粮须掌握的资料

在给奶牛配合日粮之前，必须准备以下资料，并熟悉以下生产情况。

1. 奶牛方面

要了解奶牛品种、奶牛大小与体重、配种妊娠情况、奶牛年龄与胎次、所处泌乳阶段、产奶量及牛奶成分（乳脂率、乳蛋白率）、奶牛体况及牛奶收购价格等因素。对于后备牛的配方设计，需考虑目标日增重。

2. 饲料方面

要了解牛场所用的粗饲料种类（如青贮饲料、豆科干草、禾本科干草等），每种粗饲料的品质和可利用的营养成分（水分、干物质、单位干物质的产奶净能值、粗蛋白、粗纤维、钙、磷等矿物质含量），最好是对原料进行实际测定。还必须了解可以选择使用的精饲料种类（玉米、麸皮、大麦、大豆饼、棉籽饼等），每种精饲料的品质和可利用的营养成分（水分、干物质、单位干物质的产奶净能值、粗蛋白、粗脂肪、粗纤维、钙、磷等矿物质含量），以及可提供的矿物质饲料和微量元素与维生素。同时，需要考虑的是当时这些原料的市场行情和供货情况。

3. 资料方面

在配制奶牛日粮配方前，需要了解奶牛饲养标准（奶牛营养需要），或者根据各场实际情况调整好饲养标准。还需要找到有正确数据的与当地原料特点匹配的饲料营养成分表。大多数是根据采购的数据收集和试验室自测逐步完善自己的专业饲料营养成分表。此外，还要了解奶牛对饲料的转化率等有关资料。如为购买的商品饲料，应索取质量检验单，包括每种饲料的单位价格、质量检测结果、收获期、加工方法、贮存时间等。

4. 牛场方面

牛场的管理也是影响饲料配方的一个重要因素，在配制奶牛日粮时需要考虑奶牛饲养方式、奶牛分群状况、投料方式、饲养密度以及每天投料次数。此外，还必须全面了解奶牛生长发育和生产管理的目标，前一段时间日粮配方及饲养效果，奶牛对每种单一饲料适口性和最大用量等，以便随时预见问题，主动适应变化的情况。只有这样，饲养者才能实现既定的目标。

三、日粮配合的一般方法与步骤

日粮配合的第一阶段是“纸上配方”的设计，它是根据以上的资料和生产情况，参考奶牛饲养标准和营养需要通过一系列计算而获得的。日粮配合有试差法和方块法之分，下面举例说明其具体步骤。

1. 试差法日粮配合

例如，某场一群荷斯坦泌乳奶牛平均体重 600 千克，日平均产乳脂率为 3.5%的牛奶 20 千克，试为其配合营养平衡日粮（假定均为二胎以上奶牛）。

现按照奶牛饲养标准的有关规定，进行日粮配制。

(1) 查表确定奶牛的营养需要　奶牛所需的营养取决于奶牛的生理阶段和特性（体重、年龄、妊娠期和泌乳阶段）和生产性能（产奶量、乳脂率）等因素，首先按维持需要和产奶需要两大类计算，根据饲养标准查阅奶牛营养需要表得知（表 6-1）。

表 6-1　奶牛的营养需要

项　目	干物质/千克	奶牛能量单位/NND	可消化粗蛋白质/克	钙/克	磷/克
600 千克体重维持需要	7.52	13.73	364	36	27
日产 20 千克含乳脂 3.5%牛奶的需要	8.20	18.60	1060	84	56
合计	15.72	32.33	1424	120	83

(2) 根据常用饲料营养成分表列出所用各种饲料的营养成分(每千克饲料原样中含量)，见表 6-2。

表 6-2　各种饲料的营养成分

饲料种类	干物质/千克	奶牛能量单位/NND	可消化粗蛋白质/克	钙/克	磷/克
野干草	0.93	1.38	44	6.1	3.9
苜蓿干草	0.86	1.54	95	20.8	2.5
青贮玉米	0.23	0.36	10	1.0	0.6
豆腐渣	0.11	0.31	21	0.5	0.3
玉米	0.88	2.35	55	0.2	2.1
麦麸	0.89	1.89	90	1.4	5.4
棉籽饼	0.90	2.34	211	2.7	8.1
豆饼	0.91	2.64	280	3.2	5.0

(3) 在最佳饲喂条件下确定奶牛粗饲料和其他饲料的摄入量　奶牛能吃多少饲料就应该饲喂多少饲料，奶牛能吃进去的粗饲料是有限的，正常情况下不喂精饲料时奶牛可采食优质粗饲料的干物质量为其体重的2.5%，质量低劣时采食量相应下降。在有足够的精饲料情况下，奶牛摄入的粗饲料干物质仅为体重的1.8%，高产奶牛由于精饲料比例较大，故粗饲料干物质为体重的1.6%，低产奶牛则为2.0%。摄入的粗饲料基本上可满足其维持的能量需要和蛋白需要。平均体重为600千克的高产奶牛粗饲料干物质摄入量为9.6千克，而低产奶牛粗饲料干物质则要喂到12千克。按照饲料多样化原则，粗饲料可由青贮玉米、禾本科干草、苜蓿干草、豆腐渣等组成。日产奶20千克，乳脂率3.5%的奶牛应视为高产奶

牛，根据以往经验奶牛每天可采食青贮玉米 20 千克，野干草 3 千克，苜蓿干草 1 千克，豆腐渣 10 千克。如以此比例作为粗饲料组成，干物质量为 9.35 千克，基本上符合上述需求。

(4) 确定奶牛可从粗饲料中摄入的营养量　根据上述粗饲料的组成和饲料营养成分表，可计算奶牛由粗饲料获得的营养（表 6-3）。

表 6-3　奶牛由粗饲料获得的营养

饲料种类	原料/千克	干物质/千克	奶牛能量单位/NND	可消化粗蛋白质/克	钙/克	磷/克
野干草	3	2.79	4.14	132	18.3	11.7
苜蓿干草	1	0.86	1.54	95	20.8	2.5
青贮玉米	20	4.60	7.20	200	20.0	12.0
豆腐渣	10	1.10	3.10	210	5.0	3.0
合计		9.35	15.98	637	64.1	29.2
与需要比		−6.37	−16.35	−787	−55.9	−53.8

(5) 确定所需精饲料混合料的量及组成　从表 6-3 可见粗饲料提供的营养已经满足了奶牛的维持需要，干物质尚缺 6.37 千克，能量尚缺 16.35NND，可消化粗蛋白尚缺 787 克，缺少的营养主要用于产奶，可用精料来补充。奶牛日产 20 千克为高产奶牛，每千克混合精料能量浓度可按 2.2NND 计算，则所需的混合精料量应为：$\frac{16.35\text{NND}}{2.2\text{NND/千克}}=7.43$ 千克。精料一般由玉米、麸皮、豆饼、棉籽饼等组成。按照以往经验，每种单一饲料喂量不可超过 4 千克，玉米可占精料的 40%～50%，饼粕 25%～35%。据此试配精料构成为：玉米 3.5 千克、麸皮 2 千克、棉籽饼 1.5 千克、豆饼 0.5 千克。

(6) 确定精饲料可提供的营养量　根据以上配方，精料提供的营养见表 6-4。

从表 6-4 看，干物质采食量、能量和蛋白质需要已经满足，且略有盈余，但均在要求的范围之内。剩下的问题是要补充所差的矿物质。

表 6-4　精饲料组成及其可提供的营养

饲料种类	原料/千克	干物质/千克	奶牛能量单位/NND	可消化粗蛋白质/克	钙/克	磷/克
玉米	3.5	3.08	8.23	192.5	0.70	7.35
麦麸	2	1.78	3.78	180.0	2.80	10.80
棉籽饼	1.5	1.35	3.51	316.5	4.05	12.15
豆饼	0.5	0.46	1.32	140.0	1.60	2.50
精料合计	7.5	6.67	16.84	829	9.15	32.80
粗料营养		9.35	15.98	637	64.10	29.20
精粗料营养合计		16.02	32.82	1466	73.25	62.00
与营养需要比		+0.3	+0.49	+42	−46.75	−21.00

(7) 补充所差的矿物质营养　现尚缺钙 46.75 克，磷 21 克，如补加磷酸氢钙（钙含量 23.2%，磷 18%），则补充 200 克，即可获得平衡日粮。此外，考虑奶牛对钠和氯的需要，可添加 50 克食盐。

(8) 确定最终的日粮配方　根据以上计算，可得到体重 600 千克、日产 20 千克含乳脂 3.5%的牛奶时奶牛的平衡日粮（表 6-5）。

表 6-5　体重 600 千克、日产 20 千克含乳脂 3.5%的牛奶时奶牛的平衡日粮

饲料种类	原料/千克	干物质/千克	奶牛能量单位/NND	可消化粗蛋白/克	钙/克	磷/克	占日粮/%	占精料/%
野干草	3	2.79	4.14	132	18.3	11.7	17.15	
苜蓿干草	1	0.86	1.54	95	20.8	2.5	5.28	
青贮玉米	20	4.60	7.20	200	20.0	12.0	28.27	
豆腐渣	10	1.10	3.10	210	5.0	3.0	6.76	
玉米	3.5	3.08	8.23	192.5	0.70	7.35	18.93	45.16
麦麸	2	1.78	3.78	180.0	2.80	10.80	10.94	25.81
棉籽饼	1.5	1.35	3.51	316.5	4.05	12.15	8.30	19.35
豆饼	0.5	0.46	1.32	140.0	1.60	2.50	2.83	6.45
磷酸氢钙	0.2	0.2			46.40	36.00	1.23	2.58
食盐	0.05	0.05					0.31	0.65
合计	41.75	16.27	32.82	1466	120	98.00	100	100

(9) 检查该日粮配方的合理性　该日粮干物质占奶牛体重

2.71%，精粗饲料比例＝42.5∶57.5，粗纤维占日粮干物质18.9%，根据经验该配方符合此类奶牛的营养需要和生理习性。从经济角度来看，奶料比为2.58∶1，配方中价格较高的苜蓿和豆饼用量较少，因此该配方的成本应不会太高。如果根据前述标准对微量元素和维生素需要加以平衡，则应属于理想的全价日粮。

（10）确定该日粮配方所需的饮水量　该日粮干物质总量为16.27千克，根据干物质比水为1∶4.5的比例，所需总水量为73.2千克。但该日粮换算为实际饲喂量时为41.75千克，其中已含水41.75－16.27＝25.48千克，故实际需水量为73.2－25.48＝47.7千克，即大约每头奶牛每天需要50千克的水。

表6-6为针对围产期奶牛的精料和粗料配方，请根据上述方法核算该日粮配方是否具有合理性。

表6-6　围产期奶牛精料和粗料配方

饲料种类	占日粮/%	占精料/%	营养指标	
野干草	11.99		奶牛能量单位/NND	35.43
苜蓿干草	5		可消化粗蛋白/g	1741.3
玉米青贮饲料	23.28		精粗比	45∶55
啤酒糟	5.2		钙/%	1.23
玉米	29.67	54.50	磷/%	0.95
豆粕	3.8	6.97		
棉粕	4.8	8.81		
花生粕	4	7.34		
葵粕	3.1	5.69		
玉米胚芽粕	1.6	2.94		
酵母	3.9	7.16		
盐	0.64	1.17		
磷酸氢钙	0.48	0.88		
石粉	0.9	1.65		
苏打	1.08	1.98		
预混料	0.59	0.92		
合计	100	100		

2. 方块法日粮配合和步骤

例如，要用含粗蛋白质8%的玉米和含粗蛋白质44%的豆饼，配合成含粗蛋白质14%的混合料，两种饲料配制方法如下：

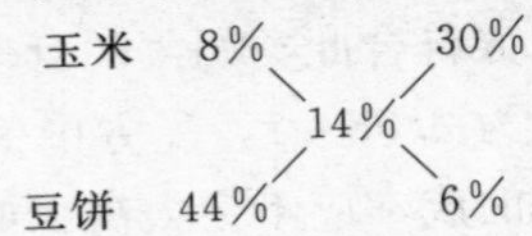

先在方块左边上、下角分别写上玉米的蛋白质含量8%、豆饼的蛋白质含量44%。中间写上所要得到的混合料的蛋白质含量14%。然后分别计算左边上、下角的数与中间数值之差，所得的差值写在斜对角上，44%－14%＝30%为玉米的使用量比例，14%－8%＝6%为豆饼的使用量比例。两种饲料比例之和为36%(30%＋6%)，混合料中玉米的使用量应该是30%/36%，换算成百分数为83.3%，豆饼的用量是6%/36%，即16.7%。当需要配制4000千克混合料时，需要用该种玉米83.3%×4000＝3332千克，用该豆饼16.7%×4000＝668千克，此即所需要的玉米和豆饼的数量。

当然，随着现代计算机技术在畜牧业领域的应用，一些智能化的饲料配方软件已经开发出来，并已经在生产上发挥着重要作用。

四、根据青粗饲料进食量进行日粮配合

1. 根据青粗饲料能量进食量进行日粮配合

在现实当中，奶牛日粮中的青粗饲料质量差异是很大的，例如普通青贮玉米秸的可利用能量只有1.3NND/千克干物质，而优质全株青贮玉米可达1.9NND/千克干物质，且青粗饲料质量对其采食量的影响更大。此外，粗饲料的加工和调制方法，也会影响采食量，例如做成TMR，日采食量往往可提高5%～8%。因此，日粮配合要结合奶牛场各自经常使用的青粗饲料种类和饲喂方法综合考虑。现测定出青粗饲料的采食量，然后再根据产奶量计算出精饲料的给量（见表6-7）。

据此，得：

精饲料NND给量＝NND总需要－青粗饲料NND供给量

精饲料干物质给量(千克)＝精饲料的NND给量/每千克干物质精料的NND含量

表 6-7 奶牛不同产奶量的日粮粗饲料与精饲料 NND 比例和给量

项目	日产 10 千克奶 (23NND)					日产 15 千克奶 (27.7NND)					日产 20 千克奶 (32.3NND)				
（粗料 NND/总 NND）/%	60	55	50	45	40	60	55	50	45	40	60	55	50	45	40
粗料 NND 给量	13.8	12.6	11.5	10.3	9.2	16.6	15.2	13.8	12.5	11.1	19.4	17.8	16.1	14.5	12.9
精料 NND 给量	9.2	10.4	11.5	12.7	13.8	11.1	12.5	13.9	15.2	16.6	12.9	14.5	16.2	17.8	19.4
项目	日产 25 千克奶 (37NND)					日产 30 千克奶 (41.6NND)					日产 35 千克奶 (46.3NND)				
（粗料 NND/总 NND）/%	50	45	40	35	30	50	45	40	35	30	50	45	40	35	30
粗料 NND 给量	18.5	16.6	14.8	13.0	11.1	20.8	18.7	16.6	14.6	12.5	23.1	20.8	18.5	16.2	13.9
精料 NND 给量	18.5	20.4	22.2	24.0	25.9	20.8	22.9	25.0	27.0	29.1	23.2	25.5	27.8	30.1	32.4
项目	日产 40 千克奶 (50.9NND)					日产 45 千克奶 (55.6NND)					日产 50 千克奶 (60.2NND)				
（粗料 NND/总 NND）/%	50	45	40	35	30	50	45	40	35	30	50	45	40	35	30
粗料 NND 给量	25.4	22.9	20.4	17.8	15.3	27.8	25.0	22.2	19.5	16.7	30.1	27.1	24.1	21.1	18.1
精料 NND 给量	25.5	28.0	30.5	33.1	35.6	27.8	30.6	33.4	36.1	38.9	30.1	33.1	36.1	39.1	42.1

注：1. 括号中的数值是不同产奶量（乳脂率 3.5%）加 600 千克体重维持所需总的 NND 需要量。

2. 在配合日粮时，首先预测出本奶牛场经常采用的粗饲料 NND、蛋白质和矿物质进食量。然后在此基础上确定混合精料的配方和给量，以满足总的营养需求量。

例如体重 600 千克奶牛的维持能量需要为 13.73NND，日产奶 25 千克（乳脂率 3.5%）的能量需要为 23.25NND，则：

该奶牛总的能量需要＝13.73＋23.25＝37NND

该牛场的粗饲料为玉米秸青贮和玉米淀粉渣，其干物质进食量分别为 5.9 千克和 2.2 千克，NND 分别为 6.3 和 3.8，则：

粗饲料 NND 供应量＝6.3＋3.8＝10.1

粗饲料的干物质给量（千克）＝8.1

精饲料应提供的 NND＝NND 总需要－粗饲料可提供的 NND＝37－10＝27

该场混合精料的 NND 含量为 2.4NND/千克干物质，则

精饲料的给量（千克）＝27/2.4＝11.25

因此该日粮干物质的精料：粗料＝58：42。

2. 根据青粗饲料蛋白进食量进行日粮配合

前面介绍了根据青粗饲料能量进食量进行日粮配合时如何确定精料的给量，同样，还必须计算由青粗饲料提供的蛋白进食量，然后调整精料的蛋白质含量，以满足奶牛对蛋白质的需要量。

粗饲料提供的蛋白质量(克)＝粗饲料干物质给量(千克)×粗饲料干物质蛋白质含量(克/千克)

须由精饲料提供的蛋白质量(克)＝奶牛蛋白质需要量(克)－由粗饲料提供的蛋白质量(克)。

以上述同样的例子举例：

体重 600 千克奶牛维持需要的可消化粗蛋白质 582 克。日产奶 25 千克（乳蛋白率 3.2%）的可消化粗蛋白质 1333 克，则：

该奶牛需要的总可消化蛋白(克)＝582＋1333＝1915

粗饲料的干物质进食量为 8.1 千克，可消化粗蛋白质含量为 372 克。精饲料的干物质给量为 11.25 千克。则：

精饲料的可消化粗蛋白质需要量(克)＝1915－372＝1543

精饲料的可消化粗蛋白质含量(干物质,%)＝1.543/11.25＝13.72

粗蛋白的平均消化率按 0.65 计算，则：

该混合料的粗蛋白质含量(干物质,%)＝13.72/0.65＝21.1

五、高产奶牛日粮配制应采取的措施

高产奶牛是指在一个泌乳期内 305 天总产奶量超过 6000 千克，乳脂率在 3.4%以上的奶牛。随着奶牛品种改良进程的加快，以及以散栏饲养布局设计、现代化挤奶、TMR 饲养、粪污无害化处理为支撑的标准化养殖技术的实施，国内高产奶牛和高产牛群不断涌现。而奶牛产奶水平的不断提高，使传统的日粮配制和饲喂方法受到很大挑战。例如一头产奶 40 千克的奶牛，所需的能量营养是其不产奶时（只维持基础代谢）所需营养的 3.8 倍，所需的蛋白营养是其不产奶时所需营养的 9.5 倍，对钙和磷的需求量是不产奶时的 6 倍，对其他矿物质的要求增加 5 倍，微量元素增加 3 倍。而奶牛所能采食的干物质量只能增加 2.9 倍。这意味着当奶产量增加时，单位体积饲料的营养浓度要更高，按照常规方法配制的日粮恐怕很难达到干物质采食量和营养需要的平衡。因此，为了获得更多的能量和蛋白质，日粮需要更大比例的精料，甚至需要单独配制一种高能高蛋白浓缩料（含有一定的过瘤胃脂肪、过瘤胃蛋白）。由于精饲料中矿物质、微量元素和维生素的含量较低，故还应补充矿物质微量元素和维生素复合添加剂。为此，建议采取以下措施。

① 根据阶段饲养理论对高产奶牛进行更仔细、更合理的分群。

② 一定要购买和贮备优质的饲草饲料，并按照最新饲料成分与营养价值表要求，准确获知这些饲草饲料中的实际干物质和营养指标含量（除了一般营养成分外还包括：中性洗涤纤维、酸性洗涤纤维、瘤胃可降解蛋白、瘤胃非降解蛋白），并对其微生物及有毒有害物质等卫生指标，草料形状、体积、硬度、密度、酸度、适口性等物理指标严格监测，设专人负责逐项进行仔细记录，这可为奶牛日粮配制提供可靠的依据。

③ 应当参考奶牛饲养标准的最新版本，并注意以下营养的平衡。

a. 干物质和粗纤维素的平衡。高产奶牛产奶量高，所需营养也多，应增加日粮精料的比例以及精饲料的营养浓度，以满足奶牛对蛋白质、能量、钙和磷的需求。但粗饲料是奶牛最安全和最经济的饲料，应给予一定量的长干草，以防止瘤胃酸中毒的发生。常常以优质青贮玉米、苜蓿干草、东北羊草和黑麦草等满足高产奶牛对粗纤维的需求。粗纤维的摄入量应不低于干物质的15%。NRC（1989）要求日粮NDF为干物质的25%～30%、ADF 19%～21%。

b. 能量平衡。泌乳早期的高产奶牛，应通过合理的精粗饲料配比，并在精饲料中掺入优质能量饲料。同时可适量添加过瘤胃脂肪（如保护性脂肪酸钙或植物油），以克服奶牛能量负平衡，但最大用量不能超过日粮干物质的6%，以免影响其他物质的消化吸收。

c. 蛋白质平衡。高产奶牛不能仅停留在粗蛋白的满足上，应考虑瘤胃可降解蛋白和非降解蛋白的平衡以及小肠可消化吸收氨基酸（蛋氨酸和赖氨酸）的平衡。

d. 能氮平衡。瘤胃微生物提供的可吸收蛋白量要受到日粮提供的可降解蛋白和瘤胃可利用有效能的双重限制。有时，日粮虽然含有大量的可利用粗蛋白（尤其是含有大量非蛋白氮时），但如果没有足够的能量供应，瘤胃微生物也不会有效地转化；相反，偶尔也会出现能量供应相对于可降解蛋白过剩的情况。因此，为了发挥瘤胃最大的转化功能，应当对日粮能氮平衡进行准确估测。

e. 常量矿物元素的平衡。无论日粮配方中粗饲料是何种类型，配制日粮时都要补充钙、磷和镁矿物质添加剂，常量矿物质元素很少超过饲料总干物质的1.5%。这些矿物质要根据精粗饲料类型和产奶情况随时调整。当精饲料比例高时，矿物质饲料应适当多加；当日粮中豆科牧草比例多时，钙的添加量可降低。一般用磷酸氢钙、石灰石来满足奶牛对钙磷等矿物元素的需要，并保持钙磷比为(1.5～2.0)∶1。食盐也可做成舔砖任奶牛自由舔食。围产期的奶牛应适当补充阴离子盐（由硫酸镁、硫酸钙、氯化钙、硫酸铵、氯化铵配制的混合盐）。

f. 微量元素和维生素平衡。以往认为奶牛很少缺乏微量元素和维生素，然而近年来实践研究表明，高产奶牛每天要从牛奶中流失大量的微量元素和维生素，平时不可能在体内贮存大量微量元素和维生素以备用时所需，瘤胃微生物合成的维生素也很难满足高产奶牛需要，因此从日粮中为高产奶牛提供平衡的微量元素和维生素非常重要。

由于粗料和精料内微量元素和维生素的含量变化太大，一般在考虑时将粗料和精料中的微量元素和维生素作为安全量，以含量为零来处理。与此同时，根据地区土壤、饮水或饲料特点以及不同阶段、不同产奶水平奶牛需要，按照中国奶牛饲养标准提供的需要量或美国NRC标准提供的推荐量进行相应添加剂的配制，通常微量元素和维生素只占日粮干物质的0.1%～0.25%，或占精饲料的0.2%～0.5%。由于微量元素和维生素类用量甚微，超量或不足均会引起奶牛疾病，且其制作很麻烦。所以，用户自配时应十分慎重，计算务必准确，加工也要十分仔细、规范。建议大家购买正规生产厂家生产的奶牛专用微量元素和维生素复合添加剂。

第二节　全混合日粮（TMR）的配制与效果评价

上一节所谈的都是“纸上配方”的设计，但这只是万里长征走完了第一步。怎样把“纸上配方”落实到实际配方，让奶牛吃到嘴里，还需要饲养者下一番功夫。这关键是要看奶牛的饲喂方式。目前，普遍采用的饲喂方式有两种：精粗分开分次饲喂和全混合日粮全天候饲喂。

一、分饲制度下的日粮制作与饲喂

分饲制度是我国传统的奶牛饲喂方式。在这种制度下，粗料和精料是分开饲喂的，日粮制作主要针对精料而言。首先按照配制好的日粮配方将所有用到的精饲料（包括能量饲料、蛋白饲料）经过质检、称重、粉碎后，与矿物质和维生素等饲料添加剂一起，按照一定工序进行充分混合、包装，制成精料混合料。每次饲喂时粗饲料由专门的运草员按日粮配方的数量将青贮饲料和牧草各自运到指定牛舍。同时由饲养员到料库按领料单领取制作好的精料混合料，然后按照先粗后精，先干后湿的顺序，每日两次或三次进行定点定时定量饲喂。这种饲喂方式简便易行，不需要 TMR 搅拌车，是目前小型牛场和散户普遍采用的方法。采用分饲制度更需要好的饲养管理和日粮配制技术。

二、全混合日粮的制作与应用

全混合日粮（TMR）饲养技术始于 20 世纪 60 年代，首先在英国、美国、以色列等推广应用，目前已被奶牛业发达国家普遍采用。所谓全混合日粮是指根据上节配制的奶牛营养配方，将切短的粗料与精料以及矿物质、维生素等各种添加剂在饲料搅拌喂料车内充分混合而得到的一种营养平衡的日粮。目前在我国许多地区，随着现代标准化规模奶牛场的兴建，散栏牛舍和阶段饲养得到普遍推行，奶牛饲喂方式得到革命性变化，各种型号的 TMR 饲料搅拌车，可以方便地制作和应用 TMR 日粮，并全天候饲喂。在此重点介绍 TMR 的制作和应用要领。

（一）全混合日粮饲喂的优势

① 与规模化、散栏饲养方式的奶牛生产相适应，机械化程度高，饲养管理省工、省时，节约劳力。适应现代奶牛生产的发展趋势。

② 便于控制各阶段奶牛日粮的营养水平，保证各项营养指标和精粗比例，并确保奶牛吃到的每一口日粮饲料都有平衡的营养，从而维持瘤胃内环境的相对稳定，有效防止高产奶牛的酸中毒，保证奶牛消化机能和代谢正常。

③ 可改善适口性，避免牛挑食，减少饲草浪费。可延长奶牛采食时间，增加干物质的采食量，也有利于奶牛产奶潜力的发挥。

④ 可科学监管奶牛饲养过程，细化饲养的环节、目标和任务，随时调整 TMR 配方，使奶牛达到适宜体况，充分发挥奶牛泌乳的遗传潜力和繁殖力。

（二）全混合日粮饲养对奶牛分群的要求

奶牛的合理分群是采用全混合日粮饲养技术的前提。相似状况的奶牛分在同一组可最大限度地发挥 TMR 饲喂的作用，如果同一小组中的奶牛同质性越好，则组内奶牛营养需求量差异就越小，为该组奶牛配制的日粮就越能满足大多数奶牛的营养需求。奶牛分组时要考虑的因素有如下几点。

① 生长发育阶段　一般牛场可将奶牛分为犊牛群、育成牛群、青年牛群、干乳期牛群、围产期牛群及泌乳牛群 6 个大群。大型奶牛场如牛舍及其他条件许可还可以细分。例如后备牛可细分为断奶前犊牛群、断奶至 3 月龄、3 月龄至 6 月龄，依次分群，每群大小以不超过 3 月龄为宜，直至第一次产犊。成年奶牛按干奶期（奶牛干奶至产前 15 天）、围产期（产犊前后各 15 天）、泌乳早期（泌乳第 16 天至 100 天）、泌乳中期（泌乳第 101 天至 200 天）、泌乳后期（泌乳 201 天至 305 天）可划分为 5 群。

② 产奶量的高低　基本上按泌乳阶段划分，个别奶牛根据产奶

量进行调整，使每一组内的奶牛其产奶量差异不应超过 10 千克。如果奶牛年单产超过 9000 千克，则可考虑另外配制一种 TMR 日粮。

③ 体膘膘度　过度肥胖的牛和过度消瘦的奶牛要适当调整。例如处在泌乳后期但体膘膘度较差的奶牛仍应饲养在高产组以使其能恢复体膘。

④ 年龄和怀孕阶段　头胎奶牛仍在发育过程中，最好单独分为一群配制日粮；同时由于减少了奶牛间的竞争，奶牛的干物质采食量和产奶量也会得到提高。在大型奶牛场，空怀奶牛单独分组饲喂有利于牧场管理。

⑤ 当对饲喂小组进行改变时，每次转群的奶牛越多越好，并且最好在晚上转群，因为晚上活动较少，晚上转群能减少应激。

（三）全混合日粮饲养对设备的要求

1. 设备选型

常见的 TMR 混合搅拌车根据绞龙的类型有立式和卧式之分；根据牵引的有无分自走式搅拌车和固定型搅拌车等。不管哪种形式都配有电子称重、智能化控制和操作系统，可集取各种粗饲料和精饲料以及饲料添加剂以合理的顺序投放在 TMR 饲料搅拌车混料箱内，绞龙和刀片对饲料起切碎、揉搓作用，加水可使饲料软化，经过充分的搅拌，都可获得符合营养指标的全混合日粮。选型要考虑的关键是牛舍的建筑形式（如饲喂走廊有无，宽度多少，牛舍入口处可否方便搅拌车进入或退出等），以及设备性价比。

2. 混合机容量

设备选择的另一个问题是要根据牛群规模大小确定搅拌车的容量规格。当每次装得太满的时候，大多数混合机日粮混合效果不佳，合理的规格可保证牛群 TMR 的稳定供应和混合料的质量。有些混合机当饲料装得过多或过少时混合效果均不理想，应与饲料混合机制造商联系以确定不同混合机的合理的饲料装填范围。预测奶牛场混合容积的方法如下。

① 泌乳牛干物质采食量占体重的百分比预测（NRC，1989）。

DMI（干物质采食量）占体重的百分比 ＝4.084－（0.00387×

BW)+(0.0584×FCM)

式中，BW为奶牛体重，千克；

$$FCM=M\times(0.4+15F)$$

式中，FCM为乳脂率为4%的标准奶量；F为乳脂率；M是乳脂率为F时的产奶量。

② 干奶牛DMI假定为占体重的2.5%。

例如某牛场有75头高产奶牛，日饲喂两次，平均体重650千克，平均产奶量（4%乳脂校正奶）30千克。

DMI占体重的百分比=4.084−(0.00378×650)+(0.0584×30)=3.38%

DMI=3.38%×650千克=22千克

则75头奶牛每批次的TMR干物质量为：

22千克×75=1650千克

因为每天饲喂两次，所以每次搅拌的干物质量为825千克。

由于自然状况下饲料中均含有一定的水，TMR制作的目标是含水量为60%，故换算的实际饲料量为：

825千克÷60%=1375千克

据测算，典型的TMR密度为：258千克/立方米

所以1375千克÷258千克/立方米=5.3立方米

每次装填应不超过TMR容积的70%，所以TMR的容积规格应为：5.3立方米/0.7=7.57立方米。

如果其他各群每次搅拌的TMR量与此相似，则购买容积为8立方米的TMR搅拌车1台即可满足需要。

生产中可以用相似的方法确定最小的饲料混合量（如青年母牛TMR），以确保混合机能合理混合少量的饲料。

（四）全混合日粮制作的质量控制

1. 合理调整粗饲料的铡切长度

饲料颗粒的大小会影响奶牛采食的速度、瘤胃的蠕动和消化率。青贮料切割长度不宜过短，应切成1～2厘米的长度，同时保证青贮料中有15%～20%的长度超过4厘米，虽然切细的青贮料

在贮存时质量容易保证，但对于高青贮料含量的日粮来说，还应有适量的足够的长度的青干草来促进咀嚼分泌，以刺激瘤胃正常反刍。

2. 合理控制 TMR 适宜的水分含量

水分在日粮中的作用无论是传统的饲喂模式或是全混合日粮（TMR）饲喂模式都是非常重要的一环，为了使泌乳量达到最高，就必须使干物质摄入量达到最理想，研究显示每增加 0.45 千克干物质采食量，牛奶产量将增加 0.91～1.14 千克。而全混合日粮（TMR）饲喂模式对水分的含量要求更为严格和精确，这也是在实际应用当中首先要解决的问题，所以“密切修正全混合日粮（TMR）的水分含量”是该饲喂模式中关键而需持久的工作。

从实际观察和使用效果中可得，全混合日量的水分最佳含量45%～55%，偏湿其采食量就会受到限制，偏干其适口性就会受到影响，采食量也要受到限制，因此要经常检测饲料原料和已经配好的日粮水分，确保配置全混合日粮时足量的干物质。如果 TMR 水分太低根据具体情况可以加一些糖蜜或水来补充；另外，青贮水分含量的变化可以改变日粮中饲草与谷物的比例，从而引起食欲不良，乳脂率降低，所以日粮必须随着水分变化量而调整。

3. TMR 的混合时间与混合均匀度

搅拌是制作 TMR 的一个最重要的环节，是 TMR 的质量及其饲喂效果好坏的关键。为了发挥出最佳性能，全混合日粮（TMR）必须进行适当而彻底的搅拌混合，TMR 混合机容量以满载量的60%～70%为基础，如果每天饲喂 2 次，那么每头牛至少需要0.07 立方米的日粮，则混合时间一般是 3～6 分钟。不完全的混合会造成原料混合不均匀而失去 TMR 的整个目的，即要保证奶牛的每一口饲料是均匀和平衡的。另外，易扬尘和适口性较差的饲料可以很好地被混合进日粮中，不同的原料组分其混合搅拌的时间要求也不一样。

4. 确定最适 TMR 投喂量

确定最适投喂量主要是为了确保奶牛有充足的时间来消耗混合饲料以达到最大的干物质采食量而不发生浪费。在散栏式的饲养模式中，奶牛必须有21小时可接近混合饲料且确保充足的饲槽空间和数量，为了达到最大的干物质采食量，饲槽中必须有5%～8%的饲料过剩，饲槽中在一天结束时不能完全没有饲料，也不能剩余过多的饲料，奶牛必须被喂饲超过5%～8%的量来达到最佳的干物质采食量。

5. 尽量减少饲料间的差异

(1) 车与车之间的饲料变化　为了简便起见，假定某种日粮只有一种粗料和两种精料组成，在这种情况下，有九种可能使食槽中的日粮与“纸上配置”的日粮不一致。其中三种可能是原料数量不一致造成的，三种可能是干物质估计有误，另有三种可能是原料成分的养分（粗蛋白或NDF）测定不准确造成的，要使TMR取得实效，必须准确估计各种原料的干物质含量及其他养分。奶牛日粮质量很大程度上取决于饲料设备操作人员的责任心及技能。以下因素会影响到车与车之间TMR的差异。

① 计量秤的准确性　可用已知物体重量（如饲料袋）对TMR计量秤进行校正。如果计量秤不准确，则参考操作手册或请维修人员进行修理。校正工作应覆盖整个TMR混合机的容积范围。计量器的误差将决定某些饲料的量及加料方式。一般情况下，电子秤的误差很少超过0.05%，因而任何小于5千克的原料成分应用其他量具进行称重，然后倒入混合机。

② 干物质含量　干物质含量经常需要准确测定以减少各车(TMR混合车)饲料之间的差异并确保日粮的平衡。青贮窖中的青贮饲料（尤其是露天青贮窖中的青贮饲料）干物质含量每天变化很大，这与饲喂当天的环境条件、不同的大田中收割以及同一批次收割时不同部位的干物质含量有关。随着含水量的上升，干物质含量就下降，因而应经常对牧场内各种饲料原料的干物质含量进行测试。

③ 各种原料的养分测定　有必要经常采集牧场内饲料样品并对其营养（化学）和物理特性进行分析以保证TMR合理配制，如果对粗料的粗蛋白低估，则增加了饲料成本，因而多余的蛋白质将以氮的形式通过粪尿排出体外。反之，如果粗料的粗蛋白高估，则

日粮中粗蛋白就不足，其结果是奶牛的产奶量及牛群经济效益达不到预期水平。

（2）同一批次（车）内的变化　混合程序、混合时间和饲料装填次序是控制同一批次内饲料质量变化的关键因素。不同型号和大小的 TMR 混合机具有不同的混合程序要求。对混合程序的具体要求，应参考操作规程。

① 混合时间以 4～8 分钟为宜　随着混合时间的延长，TMR 混合料的均匀性（一致性）有所提高，但却有缩小饲料颗粒的潜在可能性，最好与 TMR 混合机制造商代表和奶牛营养技术人员商议，使得混合的饲料既要均匀又要避免过度混合。

对大多数 TMR 混合机来说，混合 4～8 分钟时间足够了，过度混合既浪费时间，又浪费能量（燃料或电力），缩短机器寿命。且由于缩小了饲料颗粒而影响奶牛生产性能。除非制造商提出建议，否则装料时应关机，然后开机混合，只有必要时才开机卸料。避免在开机时装料，如有可能在卸料时尽量不要开机。

② 混合与装填程序　混合机加料次序没有统一的标准，加料次序要考虑混合机型号及饲料种类，可以参考销售商的设备操作手册。对大型 TMR 搅拌车，建议的原料添加顺序是：长干草⟶棉籽、啤酒糟和甜菜粕等副产品⟶谷物或蛋白质饲料⟶小量的饲料（包括矿物质、维生素及其他添加剂）⟶青贮饲料或切短的粗饲料⟶水或糖蜜等液体饲料。如果混合机内有死角或精料磨得太细，应考虑改变加料顺序。

三、日粮效果评价

对 TMR 饲料进行检测将能找到提高牛群生产性能的机会，目前有几种 TMR 饲料的测试方法，可单独或合并使用以找出潜在的问题。

（一）从 TMR 日粮本身进行评价

1. TMR 实验室分析

应定期对 TMR 饲料样品进行完整测试，理想的话，TMR 样品测试数据应接近“纸上配方”（表6-8）。分析时科学采样很关键，应使用特定的采样器放到混合机出料部位采样，这比直接用手到食槽中抓一把饲料进行测试要科学。

表6-8　制作的TMR与“纸上配方”日粮的变化范围

养分	制作的TMR与“纸上配方”日粮的变化范围
干物质(DM)	±3%
粗蛋白(CP)	±1%
酸性洗涤纤维(ADF)	±2%

2. 颗粒大小测定

TMR日粮颗粒大小对奶牛采食和瘤胃消化有很大影响，每次TMR制作完毕，应采集样品对颗粒大小分布进行监测。分析可采用美国宾州饲料颗粒分级筛技术。其要求如表6-9所示。

表6-9　奶牛TMR日粮中颗粒大小分布比例

饲料种类	第一层/%	第二层/%	第三层/%	第四层/%
泌乳牛TMR	15～18	20～25	40～45	15～20
干奶牛TMR	45～50	18～20	25～28	4～9
后备牛TMR	50～55	15～20	15～20	4～7

如果监测结果和以上要求差别较大，则应对装料程序和混合时间重新加以评估。

3. 混合均匀度测定

饲料混合均匀度对TMR的质量有重要影响，尤其是矿物质、微量元素和维生素等添加剂成分若混合不均匀则会引起中毒。饲料标识在决定奶牛日粮的混合方面是一项有用的工具，我们可采用塑料泡沫包装材料代表粗料，而小的硬糖代表精料，每立方英尺（1立方英尺≈0.0283立方米）混合料中加10片，当混合料卸到食槽中时，采集一立方英尺混合料，数一下塑料泡沫和硬糖有助于了解饲料的一致性。

4. 水分

前已述及，全混合日量的水分最佳含量为45%～55%，偏湿时采食量会受到限制，偏干时适口性会受到影响。故每批饲料做好后要进行水分含量的测定，看是否符合要求。水分的测定可通过在牧场内饲料准备室放置一台微波炉和计量称来完成。

TMR 日粮可解决奶牛饲养管理方面的许多问题，但如果混合管理不善，它又会产生一些新的问题，我们的目标使奶牛吃下去的每一口饲料含有同样的营养。由于日粮中的化学特性（中性洗涤纤维、粗蛋白、泌乳净能等）是各原料成分的加权平均数，因而各种原料的数量（重量）、干物质含量和营养成分的分析必须经常加以监测和控制以减少不同批次饲料营养成分的变化。同一车内不同部位的差异可通过合理的搅拌管理使得既要混合均匀，又不至于使饲料颗粒打得过细而加以控制。

（二）从奶牛的采食情况进行评价

配合合理的 TMR 日粮可以刺激奶牛的食欲，从而保证奶牛每天的干物质采食量。所以，可通过奶牛采食时的积极程度、实际的采食量测定和饲槽中剩料的情况来进行综合评估。如果实际采食量远低于“纸上配方”的值，则说明 TMR 的适口性较差或营养浓度过高；相反，如果实际采食量远高于“纸上配方”的值，则表明 TMR 的营养浓度偏低。可对 TMR 的制作过程进行复查（如称量是否准确，各营养成分的测定值是否与纸上配方一致等）来确定是否需要调整配方，或改进草料质量。

（三）从奶牛生产性能进行评价

奶牛的生产性能包括日产奶量、乳脂率和乳蛋白率等指标。TMR 日粮配制的根据之一就是奶牛的生产性能，所以在奶牛饲喂了所配制的 TMR 日粮以后，通过生产性能测定（如牛奶记录系统测定或智能化挤奶机的自动测定系统）结果，查看是否达到了目标，如果产奶量过低，则说明日粮的能量浓度或蛋白水平过低，或者能氮配比不平衡；如果产奶量达标，但乳脂率偏低，则可能是精粗比例不当，粗纤维尤其是 NDF 水平较低，或者是粗饲料粉碎得太细；如果高产奶牛乳蛋白率偏低，则可能是日粮中可发酵碳水化合物（能量）偏低，导致瘤胃微生物蛋白质合成不足，或者是日粮中缺乏过瘤胃蛋白，导致小肠可消化蛋白的总量偏少。

（四）从奶牛反刍情况进行评价

通常情况下，奶牛采食以后 0.5～1 小时即开始反刍，每天大约反刍 6～8 次，每次持续 40～50 分钟，故每天大约有 7 小时左右在反刍。奶牛反刍时一般侧身躺卧，食团通过逆呕返回于口中，不停咀嚼，每个食团咀嚼 20～60 秒后再次下咽。根据观察，奶牛在不采食时大约有 60%左右都在躺卧反刍。如果牛群站立者居多，则表明奶牛采食的饲料可能有问题，牛未能吃饱，或者牛床、运动场环境欠佳，或者太过拥挤等，应进行具体原因的分析。

（五）根据生理指标评价

正常情况下牛奶中尿素氮含量在 140～180 毫克/升，临产前尿液 pH 在 5.5～6.5。可以据此检查日粮饲料的合理性。如果牛奶中尿素氮含量过高，则日粮中蛋白质过高，或者能量过低；如果尿液 pH 过低，则可能日粮中精料比例过大，瘤胃有酸中毒发生。

（六）根据奶牛体况或日增重评价

奶牛体况即膘情可以反映奶牛日粮及代谢情况，根据奶牛膘情评分要求，不同生理阶段的奶牛都应有一个合理的体况。通常根据奶牛体况，将奶牛分为三类：一类牛，实际体况评分与要求基本相符；二类牛，实际体况评分偏离要求的体况（偏肥或偏瘦，实际评分与要求相差在 0.5～1 个分值以内）；三类牛，实际体况评分远离要求的体况（过肥或过瘦，实际评分与要求相差在 1 个分值以上）。对育成牛还可以参考其日增重变化（过大或过小）。

对于体况或日增重出现偏差的奶牛，要弄清原因，属于营养或饲养管理的问题，要从日粮配方或干物质采食量两个方面及时评估，作出调整。

（七）根据奶牛粪便状况评价

成年奶牛一天排粪 12～18 次，排粪量约为 20～35 千克。在采食和瘤胃消化正常的情况下，奶牛排出的粪便黏稠，落地有“扑通”声，落地后的粪便呈叠饼状，4～5 厘米厚，中间有一较小的凹陷。由于胃肠发酵，粪便有一定臭味，但不太明显。如果奶牛排出稀粪，可能是日粮中含有过多青贮饲料，或蛋白类糟渣，缺乏长的干草和有效 NDF，导致奶牛腹泻。如果排出的粪便过于干燥，厚度大于5厘米，呈坚硬的粪球状，则可能干草饲喂过多，或食入劣质的饲料或蛋白质缺乏，导致奶牛消化道阻塞等。如果出现以上病例症状，要请兽医及时诊治，而更重要的要立即纠正不合理的日粮。

第三节　奶牛自配全价饲料配方示例

上一节介绍了奶牛日粮配合的一些原则，又举例介绍了奶牛日粮配合的方法与步骤，以促使大家能够重视日粮的科学配制。这一节，按照奶牛分阶段饲养，列举一些生产上常用的日粮配方，但仅仅是参考。用户要根据自己奶牛群和当地市场饲料资源的实际情况，进行适当调配。

一、犊牛

（一）哺乳

犊牛哺乳期各地不尽一致，一般为2～3个月，哺乳量250～300千克。现在比较先进的奶牛场哺乳期45～60天，哺乳量为200～250千克。现以哺乳期为60天，哺乳量为250千克的情况为例，列出其哺乳方案（见表6-10）。

表6-10　犊牛哺乳方案

犊牛日龄	日喂奶量/千克	当期喂奶量/千克	精料/千克	干草/千克	玉米青贮饲料/千克
0～5	6.0(初乳)	30			
6～15	6.0	60	开始训食		
16～25	6.0	60	训食	开始训食	
26～35	5.0	50	0.2	训食	
36～45	4.0	40	0.5	0.2	
46～60	2.0	30	0.75	0.5	开始训食

（二）代乳粉

犊牛在吃完初乳后，为了降低鲜奶用量、节约成本而又不影响生长发育，使用代乳粉。代乳粉是一种以乳业副产品（脱脂奶、乳清粉等）为主，添加高比例的动植物油脂等多种原料组成的粉末状商品饲料，其商品名叫犊牛奶粉，专门用来哺育犊牛，使用时用水冲调，作用与鲜奶相当。由于使用方便，在国外大规模奶牛场应用较为普遍。表6-11列举了几种商品代乳粉配方。

表 6-11　几种商品代乳粉配方

项　目	配方 1	配方 2	配方 3	配方 4
乳清蛋白浓缩物/%	44.5	7.0	9.2	—
脱乳糖乳清粉/%	10	10.0	10.0	8.5
乳清粉/%	25.2	30.8	29.8	36.5
大豆蛋白分离物/%	—	11.2	—	10
大豆蛋白浓缩物/%	—	20	15.0	—
大豆粉/%	—	—	20	33.8
脂肪/%	19.0	19.5	14.5	9.7
预混料/%	1.3	1.5	1.5	1.5
合计/%	100.0	100.0	100.0	100.0

注：摘自《新编奶牛饲料配方600例》。

优质代乳粉的利用是对犊牛成功进行早期断奶的关键，因而适宜的代乳粉必须建立在犊牛生理营养的基础上，以满足犊牛的生长需要为基准，选择消化性好，适口性好，而且营养平衡的产品。代乳粉生产过程中使用的蛋白质和脂肪的质量会影响代乳粉的营养价值。购买代乳粉前要详细阅读产品说明，除关注产品的组成成分以外，还要进一步了解产品的化学分析结果。需要注意的是，选择的代乳粉中的脱脂奶粉不应超过50%，因为这种奶粉在脱水过程中可能会因为加热过度而改变蛋白质的性质，甚至会增加犊牛腹泻的危险性。代乳粉中的蛋白含量至少应该达到22%，脂肪应该在10%以上。在冬季寒冷季节里应该选择脂肪含量较高的产品，因为较高的脂肪含量能够给犊牛提供更多的能量，而且不至于发生严重的腹泻现象。

代乳粉配方示例见表6-12，请依据各自具体情况和承受的成本参考配制。

表 6-12　哺乳期犊牛代乳粉配方示例

原　料	配方 1/%	配方 2/%	配方 3/%	配方 4/%
乳清蛋白浓缩物	44.5	7.0	9.2	—
脱乳糖乳清粉	10.0	10.0	10.0	8.5
乳清粉	25.2	50.8	49.8	46.5
大豆蛋白分离物	—	11.2	—	—
大豆蛋白浓缩物	—	—	15.0	—
大豆粉	—	—	—	33.8
脂肪	19.0	19.5	14.5	9.7
预混料	1.3	1.5	1.5	1.5
合计	100.0	100.0	100.0	100.0
营养指标(以干物质为基础)				
粗蛋白/%	20.00	20	21	24
粗脂肪/%	20.00	20	15	10
粗纤维/%	0.15	0.15	0.5	1
乳蛋白取代比例/%	—	50	48	70

（三）开食料

开食料是根据犊牛营养需要而配制的一种适口性好、易消化、营养丰富的混合精料，其作用是在犊牛出生后 1 周到断奶之前的这段时间内促使犊牛由以吃奶或代乳品为主向完全采食植物性饲料顺利过渡。表 6-13 列举了几种商业犊牛料配方。

（四）断奶后日粮

犊牛断奶以后，建议的配方如下。

91～120 日龄：犊牛混合精料 2 千克、干草 1.4 千克、青贮 5 千克。

121～150 日龄：犊牛混合精料 2 千克、干草 1.6 千克、青贮 8 千克。

151～180 日龄：犊牛混合精料 2 千克、干草 2.1 千克、青贮 10 千克。

建议的犊牛混合精料配方如下。

表 6-13 几种犊牛料配方 %

原　料	日本	美国伊利诺大学[①]	美国爱俄华大学2号[②]	美国爱俄华大学3号	澳大利亚
豆饼	20～30	23	15	17	20
亚麻饼	—	—	—	15	—
玉米	40	40	32	16.5	48
燕麦	5～10	25	20	20	20
小麦麸	—	—	—	10	—
大豆浓缩蛋白	5～10	—	10	10	8
糖蜜	4	8	20	5	3
苜蓿草粉	3	—	—	5	—
油脂	5～10	—	—	—	—
维生素、矿物质	2～3	4	3	1.5	1

① 12 周龄前每千克犊牛料中加 3.96 克金霉素。

② 每千克犊牛料中加维生素 A 400 国际单位、维生素 D 660 国际单位、土霉素 22 毫克。

注：引自昝林森主编，《牛生产学》第二版，2007。

① 玉米 65%、麸皮 17%、黄豆 10%、胡麻饼 5%、矿补剂 2%、食盐 1%、适量多种维生素。

② 豆饼 19.69%、亚麻籽饼 9.85%、玉米 29.54%、燕麦 19.69%、小麦麸 9.85%、豆粕 9.38%、矿补剂 2%。

断奶后犊牛开食料的配方见表 6-14，6～15 月龄后备牛日粮配方见表 6-15，仅供参考。

表 6-14 断奶后犊牛开食料的配方

项　目	配方 1	配方 2	配方 3	配方 4	配方 5
玉米/%	40	32	35	30	47
大豆粕/%	23	15	20	20	12
大豆粉/%	3	5	10	20	10
菜籽粕/%	—	—	—	—	
小麦/%	25	20	20	16	15
小麦麸/%	—	—	—		
乳清粉/%	—	—	6	—	—
糖蜜/%	5	5	—	—	—
苜蓿草粉/%		19	5	10	12
碳酸钙/%		—	1	—	1
磷酸氢钙/%	1	1	1	1	1
石粉/%	1	1	—	1	—
食盐/%	1	1	1	1	1
维生素预混料/%	1	1	1	1	1
合计	100	100	100	100	100

表 6-15　6～15 月龄后备牛日粮配方示例

原　料	配方 1/%	配方 2/%	配方 3/%	配方 4/%	配方 5/%
玉米	37	39.3	49.3	48.2	39.1
麸皮	—	—	—	—	7
大麦	35	13	—	—	18
小麦	—	10	10	—	—
大豆饼	—	—	—	—	28
玉米淀粉渣	—	—	—	20	—
亚麻籽油饼粉	—	10	10	10	—
44%粗蛋白添加剂	20	10	12.8	12.9	—
乳清粉	—	10	—	—	—
糖浆	5	5	5	5	5
酒糟	—	—	10	—	—
磷酸氢钙	0.6	—	—	1.1	0.5
碳酸钙	—	—	—	—	1
石灰	1.4	1.7	1.9	1.8	—
氧化镁	—	—	—	—	0.2
维生素添加剂	—	—	—	—	0.2
矿物质添加剂	—	—	—	—	1
预混料	1	1	1	1	—
合计	100	100	100	100	100

注：配方引自《奶牛阶段饲养管理与疾病治疗》，中国农业大学出版社，2007。

二、育成牛

（一）小育成牛

7～8 月龄：混合精料 2 千克、青贮玉米 10.8 千克、羊草 0.5 千克。

9～10 月龄：混合精料 2.3 千克、青贮玉米 11.0 千克、羊草 1.4 千克。

11～12 月龄：混合精料 2.5 千克、青贮玉米 11.5 千克、羊草 2.0 千克。

育成牛混合精料的配方：玉米54%、豆饼15%、麸皮28%、磷酸氢钙2%、食盐1%。

（二）大育成牛

13～14月龄：混合精料3.0千克、青贮玉米12～14千克、羊草2.5千克、糟渣类2.5千克。

15～16月龄：混合精料3.5千克、青贮玉米13～16千克、羊草3.0千克、糟渣类3.0千克。

混合精料的配方：玉米46%、豆饼20%、麸皮31%、磷酸氢钙2%、食盐1%。

6～18月龄育成牛日粮配方见表6-16，仅供参考。

表6-16 6～18月龄育成牛日粮配方示例

原 料	配方1/%	配方2/%	配方3/%	配方4/%	配方5/%
干草	24.8	24.8	24.8	29.8	29.8
青贮玉米	49.5	49.5	49.5	59.5	59.5
压碎玉米	24.1	18.0	11.8	9.9	5.1
大豆粕	0.7	6.8	13.0	0	4.8
预混料	0.9	0.9	0.9	0.8	0.8
合计	100	100	100	100	100
干物质/%	51	51.2	51.5	45.4	45.4
粗蛋白/%	11.1	13.8	16.7	10.6	12.5
酸性洗涤纤维/%	26.4	26.1	26.9	30.6	30.7
钙/%	0.55	0.55	0.56	0.54	0.50
总磷/%	0.33	0.40	0.37	0.33	0.35
镁/%	0.18	0.20	0.21	0.20	0.20

三、青年初孕牛

日粮配方：混合精料3.5千克、青贮玉米13～16千克、羊草3.0千克、糟渣类3.0千克。

混合精料的配方：玉米46%、豆饼25%、麸皮26%、磷酸氢钙2%、食盐1%。

18月龄至初产青年牛饲料配方见表6-17，仅供参考。

表 6-17 18 月龄至初产青年牛饲料配方示例

原 料	配方 1/%	配方 2/%	配方 3/%	配方 4/%	配方 5/%
玉米	50	48	52	47	60
麸皮	16	16	13	13	10
大豆饼	29	20	30	24	—
大豆粕	—	—	—	—	13
棉粕	—	6	—	6	10
菜粕	—	5	—	5	—
菜籽粕	—	—	—	—	3
食盐	—	—	1	1	0.5
磷酸氢钙	1.5	1.5	—	—	1
石粉	1.5	1.5	—	—	1.5
小苏打	1	1	—	—	—
预混料	1	1	4	4	1
合计	100	100	100	100	100

四、成母牛

（一）成母牛各阶段营养浓度需要（见表 6-18）

表 6-18 推荐的成母牛各阶段营养浓度需要

营养需要	干奶期	围产前期 产前 3 周	围产后期 产后 2 周	泌乳盛期 15～ 100 天	泌乳中期 101～ 200 天	泌乳后期 201～ 305 天
干物质/千克	13	10～11	17～19	23～24	22	19
日粮能量浓度/(兆卡/千克)	1.38	1.5	1.7	1.78	1.72	1.52
日粮粗蛋白/%	13	15	19	18	16	14
UCP/%	25	32	36	40	36	32
RDP/%	75	68	64	60	64	68
ADF/%	30	24	21	19	21	24
NDF/%	40	35	30	28	30	32
总可消化养分(TDN)/%	60	67	75	77	75	67
Ca/%	0.6	0.2	1.1	1.0	0.8	0.6
P/%	0.26	0.3	0.33	0.46	0.42	0.36
Mg/%	0.16	0.2	0.33	0.3	0.25	0.2
K/%	0.65	0.65	0.25	1.0	1.0	0.9
Na/%	0.1	0.05	0.33	0.3	0.2	0.2
Cl/%	0.2	0.15	0.27	0.25	0.25	0.25
S/%	0.16	0.2	0.25	0.25	0.25	0.25
维生素 A/国际单位	100000	100000	110000	100000	50000	50000
维生素 D/国际单位	30000	30000	35000	30000	20000	20000
维生素 E/国际单位	600	1000	800	600	400	200

(二) 自配的奶牛日粮配方

1. 干奶牛

日粮结构：青贮玉米 15 千克、羊草 4.5 千克、干奶牛混合料 3.6 千克。

干奶牛混合料配方：玉米 53.8%、小麦 10%、麸皮 12%、豆粕 12%、棉籽饼 5%、胡麻饼 3%、食盐 1%、小苏打 0.7%、磷酸氢钙 1%、石粉 0.5%、干奶牛预混料 1%。

干奶牛混合精料的配方见表 6-19，仅供参考。

表 6-19 干奶牛混合精料的配方

项目	配方 1	配方 2	配方 3
配方描述	体重 650～700 千克，干奶前期，0～40 天	体重 700～750 千克，干奶后期，产犊 41～60 天	体重 610 千克，305 天产奶量 9000 千克，产后 0～70 天
日粮组成			
青贮玉米/[千克/(头·日)]	20.0～25.0	20.0～25.0	18.0
中等羊草/[千克/(头·日)]	7.5	5.0	4.0
新鲜啤酒糟/[千克/(头·日)]			8.0
精料/[千克/(头·日)]	3.0	3.0～3.5	7.5
精料组成			
玉米/%	41.0	40.0	50.0
小麦麸/%			16.5
大豆粕/%	30.0	30.0	20.0
干啤酒糟/%	20.3	10.3	
玉米蛋白粉/%	5.0	15.0	9.0
石粉/%	2.0	3.0	0.5
磷酸氢钙/%			2.0
食盐/%	0.7	0.7	1.0
预混料/%	1.0	1.0	1.0
合计/%	100.0	100.0	100.0

2. 成母牛

日粮结构：青贮玉米 18 千克、羊草 2.5 千克、苜蓿草颗粒

1.5 千克、干啤酒糟 0.5 千克、干白酒糟 2 千克、玉米胚芽饼 0.5 千克、成母牛料 9 千克。

成母牛料配方：玉米 52.5%、小麦 8%、麸皮 10%、豆粕 12%、棉籽饼 5%、胡麻饼 3%、菜籽饼 3%、食盐 1%、小苏打 1.5%、磷酸氢钙 1.5%、石粉 1.5%、泌乳牛预混料 1%。

成母牛混合精料的配方见表 6-20，仅供参考。

表 6-20　成母牛混合精料的配方

项　目	配方 1	配方 2	配方 3
配方描述	产奶 25 千克/日	产奶 20 千克/日	产奶 15 千克/日
日粮组成			
青贮玉米/[千克/(头·日)]	18.0	18.0	16.0
羊草/[千克/(头·日)]	4.0	4.0	5.0
胡萝卜/[千克/(头·日)]	3.0	3.0	3.0
精料/[千克/(头·日)]	10.4	8.8	8.4
合计/[千克/(头·日)]	35.4	33.8	32.4
精料组成			
玉米/%	47.0	46.2	53.0
小麦麸/%	22.1	18.9	19.0
大豆饼/%	25.0	28.3	24.0
磷酸钙/%	2.9	3.3	2.0
食盐/%	2.0	2.3	1.0
1%预混料/%	1.0	1.0	1.0
合计/%	100.0	100.0	100.0

3. 高产奶牛

日粮结构：青贮玉米 6 千克、羊草 1.5 千克、苜蓿干草 1.5 千克、苜蓿草颗粒 1.5 千克、干啤酒糟 0.5 千克、干白酒糟 0.2 千克、玉米胚芽饼 0.5 千克、全棉籽 2.5 千克、高产奶牛料 11 千克。

高产奶牛料配方：玉米 40.0%、小麦 8.0%、麸皮 11.0%、豆粕 11.0%、棉籽饼 5.0%、胡麻饼 3.0%、膨化大豆 6.0%、酵母粉 4.0%、玉米蛋白粉 5.0%、食盐 1.5%、小苏打 1.5%、磷酸氢钙 1.5%、石粉 1.5%、高产牛预混料 1.0%。

高产奶牛混合精料的配方见表 6-21 和表 6-22，仅供参考。

表 6-21 高产奶牛混合精料的配方 1

原料名称	含量/%	原料名称	含量/%
苜蓿干草	35.1	磷酸氢钙	1.2
黑麦草	1.7	石粉	2
啤酒糟	24.5	牛预混料(1%)	1
菌糠	10.4	盐	1
山芋皮	3.4	营养素名称	营养含量/%
精料	24.9	奶牛能量单位	2.8
精料组成		粗蛋白	17.1
玉米	54.5	粗脂肪	3.7
豆饼	12.5	钙	0.7
麸皮	12	总磷	0.5
棉粕	13		

表 6-22 高产奶牛混合精料的配方 2

原料名称	含量/%	原料名称	含量/%
青贮玉米	39.1	小苏打	1.4
苜蓿干草	7.4	磷酸氢钙	1.6
啤酒糟	14.7	石粉	0.4
羊草	4.9	牛预混料(1%)	1
甜菜渣	2.5		
棉籽	2.5	营养素名称	营养含量/%
精料	29		
精料组成		奶牛能量单位	2.2
玉米	41.2	粗蛋白	16.5
小麦	12	钙	0.9
豆饼	19.5	总磷	0.7
麸皮	7		
棉粕	6.4		
玉米胚芽粕	8.5		

(三) 商业日粮精料配方

还有一种情况，就是依赖商业饲料厂价的售后技术服务，根据其提供的精料配方和预混料产品，来搭配自己的粗饲料供应。例如，表 6-23 是某厂家提供的精料混合料配方，可参考使用。但用户在选择饲料厂家时，一定要注意比较和观察饲喂效果，不要让商家牵着鼻子走。

表 6-23 精料混合料配方

%

产奶阶段	玉米	麦麸	豆粕	葵花粕	棉籽粕	小苏打	石粉	磷酸氢钙	食盐	预混料
青年奶牛	50.9	15.0	10.0	15.0	5.0	—	1.8	0.8	1.0	0.5
干奶牛	42.0	20.0	8.5	16.9	9.0	—	1.5	0.8	0.8	0.5
高产奶牛(>20 千克/天)	48.0	10.0	10.5	8.0	18.0	1.2	1.8	1.0	1.0	0.5
中低产奶牛(<20 千克/天)	50.0	15.0	8.5	8.2	13.0	1.0	1.8	1.0	1.0	0.5

注：预混料为以 0.5%比例添加的奶牛专用预混料。如为其他型号预混料，则上述配方需作调整。

第四节 青绿饲料和自家农副产品饲料的饲喂技术

青贮玉米和苜蓿干草、羊草、野干草等是奶牛主要的粗饲料，各类禾本科籽实及其加工副产品如麸皮、饼粕等为奶牛主要的精饲料，加上各种矿物质微量元素添加剂、过瘤胃脂肪、过瘤胃蛋白（过瘤胃氨基酸）等，构成了当前规模化奶牛场奶牛日粮配合的基础。但是，作为拥有农田和农副加工业的奶牛养殖户，经常会有田间青绿饲料或自家农副产品饲料生产，这可作为奶牛良好的饲料来源。

一、青绿饲料

青绿饲料是指天然水分含量在 60%以上的植物饲料，包括刈割牧草类、菜叶根茎类、瓜藤薯蔓类、幼枝嫩叶类和水生植物类等。从青绿饲料的营养特点来看，可以被家畜很好地利用，具有来源广泛、成本低廉、加工简单、饲喂方便等优势。

（一）青绿饲料的营养特点

① 蛋白质含量丰富　青绿饲料含有丰富的蛋白质，且其生物学效价可达 70%～80%，远高于其他植物饲料，用其作为奶牛的

补充饲料可以增加蛋白质利用效率。如以干物质计算，青绿饲料中粗蛋白质含量比禾本科籽实中的还要多，其氨基酸的比例也优于禾本科籽实，尤其是赖氨酸、色氨酸等含量更高。

② 富含多种维生素　青绿饲料含有多种维生素，主要有维生素B族以及维生素C、维生素E、维生素K、胡萝卜素等，是各种维生素廉价的来源。如果日粮中经常保证有一定量的青绿饲料，则对改善奶牛维生素的需要十分有利。

③ 适口性好　青绿饲料柔软多汁，纤维素含量较低，适口性好，能刺激奶牛采食，从而提高奶牛对整个日粮的利用率。

④ 含有一定量矿物质　青绿饲料还含有各种矿物质，其种类和含量因植物品种、土壤条件、施肥情况等不同而不同。

此外，青绿饲料也有不利之处，一是体积大，水分含量高，一般在75%～90%，水生植物则高达95%，这表明其营养浓度较低，在日粮中的比例不能过大。另一个不利条件是青绿饲料的利用有一定季节性，春、夏、秋季种类繁多，供应量大，应合理利用；冬季贫乏，应注意干草的添加。

(二) 青绿饲料的种类及其利用

1. 青绿牧草

可分为天然牧草和栽培牧草两大类。天然牧草系指草原牧草、田（林）间牧草及山坡路边野草，这是农牧区养畜重要的饲草资源。此类牧草以禾本科、豆科、菊科、莎草科、藜科分布最广，利用最多。其干物质中以无氮浸出物含量最高，占40%～50%，粗纤维25%～30%，粗蛋白10%～15%；除维生素D外，其他维生素丰富；矿物质中钙的含量一般比磷高，但钙磷比例较为适宜。遗憾的是，天然牧草产草量不高，而且产草量和草的营养价值随季节改变差异较大，田间牧草因施用农药，有时存在一定风险。

栽培牧草是指单位面积产量高、营养价值全、家畜喜食的牧草。经人们长期有计划地选育、栽培和种植，从而满足家畜饲养的需要。栽培牧草以禾本科和豆科牧草为主，有专作饲料的，也有饲料和绿肥兼用的，通常有单播和混播两种方式。栽培的品种主要有：紫花苜蓿、三叶草、紫云英、沙打旺、毛苕子、燕麦草、黑麦草、苏丹草等。栽培牧草只有小部分被用作鲜食，大部分被制作成干草或草粉，以便常年均衡供应。

无论是天然牧草还是栽培牧草，其利用都存在一定实际问题，以下几点值得注意。

（1）利用要适时　一般在植物抽穗开花之前利用较为适宜，此时牧草正处于生长旺盛期，产草量高，蛋白质、维生素及其他营养含量亦较丰富；而且牧草柔软多汁，粗纤维和木质素含量低，适口性好，容易消化。在此之前，牧草低矮，产草量低，不利于奶牛采食和人工收获，也不利于牧草再生。而错过花期，牧草变老，木质化很快，虽然产草量高，但无论是营养含量、适口性还是消化率都将大大下降。因此，牧草在利用上一般具有较强的时间性。现将苜蓿在不同的生长阶段养分含量列于表 6-24。

表 6-24　不同生长阶段苜蓿营养成分的变化

生长阶段	干物质/%	占鲜重/%					占干物质/%				
		粗蛋白质	粗脂肪	粗纤维	无氮浸出物	灰分	粗蛋白质	粗脂肪	粗纤维	无氮浸出物	灰分
嫩苗	18.0	4.7	0.8	3.1	7.6	1.8	26.1	4.5	17.2	42.2	10.0
花前	19.9	4.4	0.7	4.7	8.2	1.9	22.1	3.5	23.6	41.2	9.6
花初	22.5	4.6	0.7	5.8	9.3	2.1	20.5	3.1	25.8	41.3	9.3
盛花	25.3	4.6	0.9	7.2	10.5	2.1	18.2	3.6	28.5	41.5	8.2
花后	29.3	3.6	0.7	11.9	10.9	2.2	12.3	2.4	40.6	37.2	7.5

（2）喂量要适宜　青绿饲料有许多优点，奶牛特别喜欢，加之来源广泛，成本低廉，一些地区农户在缺乏科学指导情况下大量饲喂奶牛。这是一种错误的做法。因为青绿饲料水分含量高，体积大，奶牛采食后虽然有饱食感，但是因其干物质含量低，会影响能量和蛋白等营养物质的摄取。一般情况下，青绿饲料最大喂量以每天每头奶牛不超过 10 千克为宜。

（3）要防止中毒及其他疾病　天然牧草品种繁杂，难免夹杂一定毒草，在放牧或饲喂前，一定要仔细检查，以防中毒。栽培牧草在收获后要及时饲喂，如一时不能喂完，要妥善贮存，以防发生霉变引起中毒。奶牛采食豆科青草很容易引起瘤胃鼓气，应予以限制饲喂。

2. 菜叶根茎类

这类饲料多是蔬菜和经济作物的副产品，其来源广、数量大、品种多。用作饲料的菜叶多为萝卜叶、甘蓝边叶、甜菜叶等。根茎类主要包括直根类的胡萝卜、白萝卜和甜菜等。菜叶类由于采集与利用时间上的差异，其营养价值差别很大。这类饲料的共同特点是：质地柔软细嫩，水分含量高，一般为80%～90%，干物质中蛋白质含量在20%左右，其中大部分为非蛋白氮化合物。粗纤维少，能量不足，但矿物质丰富。几种菜叶饲料营养成分见表6-25。

表6-25　几种菜叶饲料的营养成分　%

营养成分	饲用甜菜茎叶	糖用甜菜茎叶	甘蓝鲜叶	甘蓝老叶	胡萝卜鲜茎叶	芜菁	大白菜边叶	萝卜叶
干物质	12.6	15.9	9.6	14.8	16.0	12.7	6.1	7.5
粗蛋白质	2.1	2.8	2.0	2.1	2.1	2.8	1.4	1.9
粗纤维	1.4	1.7	1.0	2.1	2.9	1.3	0.9	0.8
粗脂肪	0.5	0.4	0.2	0.4	0.6	0.3	0.1	0.2
无氮浸出物	6.1	7.7	5.3	7.8	8.0	6.2	2.2	2.9
粗灰分	2.4	3.3	1.0	2.3	2.4	2.1	1.5	1.7
钙	—	0.16	0.06	0.09	0.31	0.37	0.28	0.3
磷	—	0.04	0.03	0.03	0.03	0.06	0.04	—

菜叶类饲料应新鲜饲喂，如一时不能喂完，应妥善贮存。尤其是硝酸盐含量较高的白菜叶、萝卜叶、甜菜叶等要防止长时间堆积贮存，如果发现菜叶已经发热变黄变烂，则不能饲喂奶牛，以防亚硝酸盐中毒。

3. 藤蔓类

这类饲料主要包括南瓜藤、丝瓜藤、甘薯藤、马铃薯藤以及豆秧、花生秧等。其营养特点和菜叶类基本相似，表6-26列出了几种藤蔓类的营养成分。

表 6-26　几种藤蔓类饲料的营养成分　　%

营养成分	南瓜藤	丝瓜藤	甘薯藤	马铃薯藤	豆角秧	豇豆秧	豌豆秧	花生秧
干物质	13.1	25.0	13.9	14.8	20.9	25.0	29.8	11.8
粗蛋白质	1.8	2.9	2.2	1.9	3.0	4.0	4.3	3.1
粗纤维	3.3	5.6	2.6	4.4	5.7	5.6	9.0	1.1
钙	0.45	—	0.22	0.26	0.44	—	—	0.35
磷	0.12	—	0.07	0.03	0.04	—	—	0.02

4. 水生植物

水生植物种类繁多，常用作饲料的有：水浮莲、水葫芦、水花生、浮萍类及藻类等。几种水生植物的营养成分见表 6-27。

表 6-27　几种水生植物的营养成分　　%

营养成分	干物质	粗蛋白质	粗脂肪	粗纤维	无氮浸出物	灰分
水浮莲	91.9	1.2	0.4	1.8	2.9	1.9
水葫芦	87.5	2.8	0.3	2.0	3.7	3.7
水花生	85.7	2.2	0.3	2.0	6.9	3.0
浮萍	92.8	1.6	0.9	0.7	2.7	1.3

5. 树叶嫩枝

这是一类常见的饲料，在我国利用较为普遍。有的已形成工厂化生产，加工各种叶粉。可用作饲料的有：刺槐叶、榆树叶、桑树叶、桐树叶、白杨树叶等。树叶饲料含有丰富的蛋白质，胡萝卜素和粗脂肪。这类饲料有增强家畜食欲的作用。营养价值随树种和季节变化而不同。树叶饲料常含有单宁物质，含量在 2%以下时，有健胃收敛作用。超过限量时，对消化不利。树叶类饲料的采集比较费时，但这类饲料与人类的粮食不冲突，值得大力开发。各季节树叶营养成分见表 6-28。

二、农副产品饲料

除了禾本科籽实、豆饼、豆粕、麸皮等常规饲料原料以外，还有一大类非常规农副产品饲料，主要包括玉米加工副产品、薯类和糟渣类饲料，如能充分开发利用，则不失为奶牛饲料廉价的来源。

表 6-28　几种树叶在不同季节营养成分的变化　　%

树叶类型		干物质	占干物质的比例					单宁
			粗脂肪	粗蛋白质	粗纤维	无氮浸出物	灰分	
刺槐	春	26.4	3.6	27.2	12.8	48.1	7.8	0.5
	夏	27.1	3.6	24.7	14.8	49.1	7.9	—
	秋	39.4	5.0	19.3	19.4	48.9	5.5	1.1
白杨	春	32.5	4.0	16.3	19.2	51.1	9.4	0.7
	夏	34.5	5.6	15.2	25.9	40.7	11.6	—
	秋	63.1	10.3	12.0	26.6	40.3	10.2	1.5
白桦	春	34.5	7.4	14.6	17.9	54.9	5.2	1.0
	夏	42.5	9.0	13.0	18.9	52.3	6.7	—
	秋	65.5	9.0	10.3	20.1	55.7	4.9	1.3
枫树	春	27.9	4.7	18.0	24.8	44.1	7.5	1.9
	夏	39.6	5.9	12.8	26.9	45.7	8.8	—
	秋	54.0	5.4	9.8	27.6	47.3	9.0	1.3
柳树	春	26.4	3.0	18.9	18.7	49.8	5.5	0.8
	夏	35.6	4.5	17.4	20.1	47.5	10.5	—
	秋	54.1	4.0	12.0	22.9	50.8	10.3	1.7

1. 玉米加工副产品

① 玉米蛋白粉　是玉米除去淀粉、胚芽、玉米外皮后的部分，成品一般呈淡黄色粉状。由于加工方法与条件不同，蛋白质的含量变化很大，在25%～60%。玉米蛋白质的利用率很高，由于其密度较大，应与其他体积大的草料搭配饲喂。一般用量在奶牛精料中可占5%左右。

② 玉米胚芽饼　是玉米胚芽榨油之后的副产品。粗蛋白含量在20%左右，品质较好，由于价格相对较低，近年来在奶牛日粮中应用逐渐增多，一般用量在奶牛精料中可占15%左右。

③ 玉米酒精糟　有三种产品：一种是酒精糟经分离脱水后干燥的部分，简称DDG；另一种是酒精糟滤液经浓缩干燥所得的部分，简称DDS；第三种是这两种产品的混合物，简称DDGS。一般以DDS的营养价值较高，DDGS的营养价值次之，DDG的营养价值最差。以玉米为原料的DDG、DDS、DDGS的粗蛋白质含量基本相近，一般粗蛋白含量在20%～30%，粗纤维含量4%～

12%，并含有未知生长因子。氨基酸含量和利用率均不理想，不能作为奶牛日粮唯一的蛋白质来源。一般地在奶牛精料中的比例以15%以下为宜。

2. 薯类

薯类作物是我国主要的杂粮作物，主要供人直接食用，其次可作为工业原料，此外作为能量饲料的补充还是家畜重要的饲料来源。用作饲料的薯类主要有甘薯、马铃薯、木薯等。几种薯类饲料的营养成分见表 6-29。

表 6-29 几种薯类饲料的营养成分 %

营养成分	干物质	粗蛋白质	粗脂肪	粗纤维	无氮浸出物	钙	磷
甘薯	24.6	4.5	0.81	3.24	88.2	0.24	0.28
木薯	30.0	3.3	—	2.60	—	0.29	0.10
马铃薯	22.0	9.1	0.45	2.73	82.7	0.05	0.24

从表 6-29 可见，其营养特点如下。

① 干物质含量低，水分含量高　在自然状态下，这类物质的含水量在 70%～80%之间，且由于利用时多为鲜食，故习惯上称之为多汁饲料。

② 粗蛋白质含量低，无氮浸出物含量高　此类饲料新鲜时蛋白质含量仅为 1%～2%，干物质亦不过 5%～10%，且其中 50%为氨化物。但这类饲料富含淀粉和糖，粗纤维含量不超过 10%，且不含木质素，故适口性好，消化率高。

③ 矿物质含量不均　一般薯类含钾较多而钙、磷少。

④ 维生素含量不多　薯类都缺少维生素，几乎不含维生素 D。这类饲料在利用时首先要洗净污泥，其次要检查其性质，以防中毒。如饲喂甘薯，要防止黑斑病中毒；饲喂马铃薯，要防止龙葵素中毒；饲喂木薯，要防止氢氰酸中毒；带叶一起饲喂时，要防止亚硝酸盐中毒等。另外，薯类饲料怕冻，冬季饲喂要妥善保存。

由以上特点，实践上一般不宜大量饲喂，以每天每头奶牛不超过 5 千克为宜。

3. 糟渣类

糟渣类是酿造、制酒、制糖、豆腐加工的副产品。在酿造、制酒工业中，大量的可溶性碳水化合物被发酵成醇而被提走，因此无氮浸出物相应下降，但其他营养物质成分如粗蛋白质、粗纤维、粗脂肪和粗灰分等物质留于糟渣中其比例还有所提高，作为奶牛良好的营养补充料，可明显提高产奶量。其次，制糖工业的副产品也有类似的特点和效果。在饲养实践中，常用的糟渣饲料有：啤酒糟、白酒糟、淀粉渣、糖渣和糖蜜。

几种糟渣饲料的营养成分见表 6-30。

表 6-30　几种糟渣饲料的营养成分　%

营养成分	大麦酒糟	高粱酒糟	啤酒糟	酒精糟
干物质	26.0	—	—	—
粗蛋白质	31.9	29.8	22.0	30.1
粗纤维	13.8	14.8	19.9	11.0
粗脂肪	11.5	7.9	6.3	12.6
无氮浸出物	39.6	42.6	47.9	44.3
粗灰分	3.1	5.0	—	—

总之，这类饲料，因加工原料、加工方法、加工工艺、加工产品的不同，营养物质的含量差别很大。其共同特点是水分含量高，为 70%～90%，干物质中蛋白质含量为 25%～33%，B 族维生素丰富，还含有一些有利于动物生长的未知生长因子。值得注意的是，在加工过程中部分营养流失，因而营养价值较低且不全面，无氮浸出物较低；有的在加工过程中添加的化学物质会残留于产品中，如玉米淀粉渣中的亚硫酸、酒糟中的酒精和甲醇、甲醛等，酱油渣中的盐等。所以，此类饲料不能久放，也不能长期单独饲喂，应与其他精粗饲料混合，严格限量饲喂。一般情况下，鲜啤酒糟每头奶牛每天饲喂 10 千克左右为宜，最大量不能超过 15 千克；鲜白酒糟每头奶牛每天饲喂 7～8 千克为宜，最大量不能超过 10 千克；以豆科籽实为原料加工的副产品豆腐渣、酱油渣及其他粉渣粗纤维较高，维生素缺乏、消化率较低，且由于水分含量高极易腐败变质，故不宜久存，鲜渣喂量一般不超过 5 千克。

参 考 文 献

[1] 韩向敏．奶牛营养与饲料．北京：中国农业大学出版社，2003.

[2] 冯仰廉．反刍动物营养学．北京：科学出版社，2006.

[3] 翟明仁．家畜饲料配方与调制．南昌：江西科学技术出版社，2000.

[4] 秦志锐．奶牛高效饲养技术．修订版．北京：金盾出版社，2006.

[5] 李建国．现代奶牛生产．北京：中国农业大学出版社，2007.

[6] 李辉，刁其玉．哺乳犊牛的消化特点与蛋白质需要．中国饲料，2005，21：22-24.

[7] 李影球．犊牛代乳料中用大豆蛋白替代部分乳蛋白的试验研究［D］．桂林：广西大学，2005.

[8] 刘敏雄．反刍动物消化生理学．北京：中国农业大学出版社，1991.

[9] 杨红建．肉牛和肉用羊饲养标准起草与制定研究［D］．北京：中国农业科学院畜牧研究所，2003.

[10] 孙秀奎，李芝雨，李朋等．肉牛的饲料配方设计．辽宁畜牧兽医，2003，(2)：23-24.

[11] 雷云国．肉牛的营养需要与日粮配合．现代化农业，2002，(10)：26-30.